集英社オレンジ文庫

花に隠す

～私が捨てられなかった私～

長谷川　夕

JN053848

目次

花に隠す

私が捨てられなかった私

Forget-me-not

シーズナル・マーダー 夏の章

閉じこめられている火が、いちばん強く燃えているものだ。

ウィリアム・シェイクスピア

SEASONAL MURDER SUMMER CHAPTER

気象庁の発表によれば、季節が六つとなって二十年が経過した今年は、平年に比べ、さらに厳しい暑さとなるようだ。

＊

私は確信している。私が来週末の獄暑《ごくしょ》を避暑地で過ごすのはどうかと持ちかけたら、夫はいいねと微笑《ほほえ》むだろう。そこからの展開は、私と彼にとって運命の分かれ道だ。私はそう考えている。

私は夕食後のテーブルを片づけながら、夫に提案をした。

「ねえ、来週末から獄暑でしょう？　避暑地に行くのはどうかしら」

「いいね」

夫はリビングのソファで新聞を読みながら、穏やかな声で答えた。夫が微笑んだかどうかは位置的に見えなかった。だが回答は想定どおりだった。夫は続ける。

「でも、今から宿泊予約するのは無理だろう。そういう策は、もっと早く考えなくちゃ」

全国が七十度以上の暑さを観測する熱波に包まれる獄暑において、比較的冷涼な気候である避暑地の人気は過熱しており、一年以上前でないと予約がとれない。指摘はもっともなことだ。だが私の夫に対する怒りは最高潮に達していた。

どんな表情をしているのか、摑《つか》みかかって、無理矢理振り向かせて、見てやりたくなる。そのとき、夫は私の豹変《ひょうへん》ぶりに驚くだろう。私、全部知っているのよ！

「……実はね、お義母《かあ》さんが、お義父《とう》さんとふたりで行こうと宿泊予約を取っていたそうなの。だけど、昨日、お義母さんが風邪を引いたって連絡が来ていたでしょう？　今日、大事をとって旅行には行かないことに決めたから、よかったらふたりで行ってきたらって」

夫は表情を歪めた。

「僕の両親の予約だろう。横取りするのか？」

絶対にそう言うと思った。言い方まで想像どおりだ。何が横取りだ。今の説明を聞いていなかったのか。義母のほうから提案してきたことだというのに。もちろん、丁重に礼を言ったし、夫が渋ることを予想していたから、返事は保留にしてある。

このマザコン男。義母のほうは、昔は息子を猫可愛《かわい》がりしていたが、今は案外息子に対して冷ややかだ。夫は幼い頃から偏屈で頑固で、義母も手を焼いていたそうだ。

「だって、お義母さんの体調が悪いのに無理をして行けはしないし、今からキャンセルしてもキャンセル料がかかるみたい。むしろ気の毒でしょ？」

だから義母にとっても悪い話ではないのだ。

だが、予定が急遽《きゅうきょ》変更すると、夫にとってストレスになる。夫はそういう性分だ。旅行の計画などは三カ月以上前から立てないといけない。ストレス耐性がないので、すぐに不機嫌になる。不機嫌になると無言になる。そのプロセスを私はよくわかっている。優しく接するとすぐに機嫌を直してつけあがることも。

私はにっこり笑って言う。

「無料で譲るわって仰《おっしゃ》っていたけれど、もちろんお代は支払うつもりよ」

「……高いんじゃないの」

「ダブルの部屋で、熱波日《ねっぱび》を挟んだ三日間でひとり三万円ぽっきりですって。はいこれ、パンフレット。見て、こんなにいいお部屋なの」

私はするりとソファに掛け、夫の隣に寄り添う。本当は同じ空気を吸うのさえ耐えがたいと思っているが、彼の肩に頭をもたれ、無邪気に、甘えるように。私は女優。そう言い聞かせる。

私、全部知っているのよ。でもあなたは私が全部知っていることを知らないのよ。

広げた新聞の内側で、用意していたパンフレットを開いてみせた。ホームページで配布されているPDFを印刷したものだ。

素晴らしい部屋だ。木目調が美しい、落ち着いた二階建てのコテージ。広々としたリビングとダイニング、吹き抜け、ビリヤード台とシアタールーム。露天風呂も内風呂も温泉。ウッドデッキのテラスからは静かな深緑を臨《のぞ》む。緑と光のコントラスト。自然の中にひっそりと建つ高級別荘。最高級の癒《いや》し。ミニキッチン付き、オールシーズン対応の最新式全館空調。

「綺麗《きれい》な部屋じゃないか」

「でしょう？」

「でも獄暑って金曜からじゃなかった？　家で仕事の予定だよ」

獄暑というのは、一年三百六十五日のうち、夏のもっとも暑い三日間をいう。そのうち中日の一日間は七十度超えの猛烈な熱波が全国を覆《おお》う。台風とか爆弾低気圧のようなものだ。

この異常気象は、何十年か前から、定期的かつ段階的に観測されるようになった。昔は日時がずれることも期間が増減することもよくあったし、熱波の気温もまちまちだったが、現在では時期はほぼ決まっており、一カ月くらい前にはアナウンスされて、その日時はほとんどずれることもなく、獄暑という物々しい俗称も、正式な用語になってさえいる。

前後の一日ずつを含み三日間は、警報が出て外出できない。今年は金曜午後から、日曜の夜までの予定だ。

気温と湿度が異常に高く、外界は天然サウナ状態。くわえて、風は弱く、日差しは刺すほど強烈だ。三分でも外にいれば脱水症状を起こし、熱中症となる。

日中のみならず夜間も暑い。ヒートアイランド現象が起こり、昼間と変わらない熱帯夜だ。経済や行政機能は当然縮小し、全国的に何もかもが停止する。三日間をやり過ごすために息をひそめる。

夏の地獄《じごく》の熱波期間、冬の厳寒期間をくわえて、季節が六つになったといわれている。

「たまには有休でもとったら？　土日と合わせて三連休。新幹線で二時間だから、金曜の朝に移動して……」

「待って待って。そんなわけにはいかないよ。家で仕事といっても、君みたいな一般職とは違うんだから。君には理解できないかもしれないけれど、僕の仕事は会社にとってとても重要なんだ。かといってキャンセルは勿体《もったい》ないし、ああ、友達とでも行ってきたらどう？」

私が心の底から憎悪を抱く言葉を、よくもそこまで詰め込めるものだ。逆に笑ってしまいそうになる。相手がどのように受け取るか、想像したことはないのだろうか？　私にとってあまりに腹立たしい内容でありながら、夫は私の内心には、まったく気づいていないはずだ。心を削り取る言葉の羅列《られつ》も彼にとってはすべて無意識だ。むしろ夫は、きっと自分を優しいと勘違いしているに違いない。

「休めないなら仕方ないね。お義母さんも、もしかしたらあなたは仕事かもしれないねって仰ってたし。わかった。じゃあお言葉に甘えて、会社の友達と一緒に行こうかな。独身でひとり暮らしなの。あの子だったらきっと空いてる」

「それは可哀相《かわいそう》だね。ぜひ誘ってあげたら。喜ぶと思うよ」

独身でひとり暮らしであることを指して可哀相としか考えられないこの男の脳みそほど粗末なものを、私は他に知らない。

ひとりでいる孤独と、ふたりでいながら孤独なことを比較してどちらがより孤独だろう。結婚する前、私は前者だった。結婚し、私は後者となった。私はひとりでいる孤独を知っている。薄暗い霧の中でひとり迷っているような心許《もと》なさだ。そしてふたりでいながらにして感じた孤独は心を蝕《むしば》み、木のうろのような穴を開けた。

さらに時を経《へ》て、孤独のうろは怨念《おんねん》のような暗闇《くらやみ》に満ちている。

「そうだね。誘ってみるね」

私はパンフレットを回収し、ソファから立ち上がる。

綺麗な空気を吸いに庭に出る。外は夕方だが相変わらず暑い。だが耐えられないほどの暑さではない。獄暑は来週だ。庭の散水栓《せん》からホースで水をまく。室内では夫が先ほどと同じように新聞を読んでいるふりをしている。いつも、新聞を読んでいるふりをしているだけだと私は知っている。スリルを楽しんでいるのだろうか。

私は、ポケットに入れた私の携帯電話にメールが届いていると気づいた。夫を見る。夫はガラステーブルに置いてあった携帯電話に手を伸ばした。私もまた、夫に見つからないように携帯電話を確認する。

『ねー、たーくん。はなしたいことがあるの♪　今度いつ会える？』

あの馬鹿《ばか》女は性懲《こ》りもなく夫を誘う。

『獄暑はどう？　嫁だけ旅行。うちに来る？』

夫がメッセージを送受信した瞬間に、私の携帯電話にも転送されるように設定してあると知らずに。ここから先の馬鹿同士のやり取りは、読まなくてもわかる。何なら一字一句違《たが》わず予想できる。

青々とした緑の下生えや低木の茂みに水をやりながら、太陽の明るさと翳《かげ》の暗さの対比に目を細める。

どこにでも闇はある。どれほど幸せそうに見えたとしても、どんな家庭だって問題のひとつやふたつ抱えている。そうやって自分を納得させようとしても、やはりここにある闇がもっとも濃い気がする。

もう、こけにされるのにはうんざりだ。

『嬉《うれ》しい！　行く行く！　初めてだね、おうちに行くの！　楽しみ！』

私、全部知っているのよ。だけどあなたは何も知らないのよ。

＊

間。

「じゃあ、行ってくるね」

誰もいない暗い廊下に向かって、私は念のため声を掛けた。夫は寝ているふりをしている。声は聞こえているはずだ。見送るつもりはないらしい。愛人を出迎えるまであと二時間。

私と夫の今生《こんじょう》の別れは昨晩眠る直前にトイレの前で鉢合わせたときだ。自然なふりを装って、「明日何時？」と訊《たず》ねてきた。私は「八時。見送りはいいからね」とにっこり笑って答えた。

三日分の荷物を詰めたキャリーケースを転がしながら駅に向かう。今日は午後から獄暑。昨日よりも格段に暑い。人は疎《まば》ら、だいたいのお店は今日から三日間は臨時休業だ。唯一、地下街はぎりぎりの時間帯まで開いている。往路の途中で食料を調達し、コテージに到着するのは十時過ぎとなるだろう。

先日、義父が突然やってきて旅行について訊ねてきたので、私は友達と行くことにし、夫は自宅で仕事だと答えた。なんたることかと怒鳴られ、非難された。義父の嫁批判はとどまるところを知らず、思いつく限りの罵倒《ばとう》ののち、いつもの「石女《うまずめ》」に至った。

一部始終を聞き終えたあと、夫はようやく重い腰を上げ、義父をなだめていた。自分はどうしても外せない仕事があるから一緒には行けないが、妻は妻で休息すべきだと言い、義父は夫の度量の広さにいたく感心したようだ。まったく、義母には話しておいたはずなのに、意識合わせくらいしておいてほしい。おおかた、義母の説明を義父が聞いていなかっただけだろうが。

どいつもこいつも問題ばかりだ。

義父を見送ったあとに、私はやはり旅行はやめておこうかとまで悩むふりをし、夫は焦りを隠しながら「楽しんでおいでよ（俺の楽しみを邪魔するな）」と微笑んだ。

キヨスクで朝食を買い、新幹線に乗り込む。お盆休みをこの日に合わせている企業は多く、出歩いているサラリーマンはいない。皆、異常な気候をやり過ごすために自宅で息をひそめているか、私のように多少はマシな避暑地や海外に移動するか。

自宅にいても油断はできない。初めての熱波が到来して騒がれた二十年前などは、自宅で熱中症となり死亡した例が全国各地で相次いだ。影になっている場所に避難したとしても、気温が低いのではなくただ日差しを遮《さえぎ》るだけだ。夜は熱せられたアスファルトが熱気を吐きだす。

エアコンの普及率はほぼ百パーセント。旧式のエアコンは熱波の影響で室外機が壊れる可能性が高いため、屋根をつけるか五年ごとに買い替えなければならない。メンテナンスは欠かしてはならない。エアコンは飛ぶように売れた。

電線のトラブルが多かった年があり、以降、電線は地中に埋まった。車窓の景色には、昔はたくさんあったはずの電柱は一切ない。

こうして車窓を眺めていると、昔の出来事を次々思い出すのはなぜなのだろう。景色がくるくる変わる様子が、回り灯籠《どうろう》を彷彿《ほうふつ》とさせるからか。回り灯籠とは影絵が回転しながら映る玩具《おもちゃ》だ。走馬灯ともいう。死の間際に思い出が駆け巡る事象の由来だ。

——あたし、別れるつもりありませんから！

あの女の舌足らずな声がよみがえる。あの頃はまだ、私は自分の常識を信じていた。

夫の様子がおかしいと気づいたとき、私は不覚にも動揺した。

そういえば、帰りが遅い。でも繁忙《はんぼう》期で残業が増えたと説明された。そういえば、最近休日出勤が続いている。大きなプロジェクトが進行しているから。一般職と違って、総合職は休日などあってないようなものだそうだ。

そういえば、夕食を外で食べてくる頻度《ひんど》が多くなった。接待だから。そういえば……そういえば……。バラバラだったパズルのピースをひとつひとつ当てはめていったら、あの女ができあがったのだ。私よりも不細工で、若くて、地味で、ゆるい空気をまとったしょうもない女。

私は夫の携帯電話を確認し、探偵に調べてもらい、車にＧＰＳをつけ、録音機をしのばせ、彼らの会話を録音した。できる限りの証拠を揃《そろ》えた。こういうときはそうするものだと探偵に言われたからだ。満を持して彼女を法廷に引きずりだし、判決まで争って慰謝料は二百万円。長い道程にかかったすべての費用を差し引いて私が得たのは、たったの十万円だった。

だが彼女は二百万円を支払っても、夫に誘われるまま、あるいは夫を誘い、懲《こ》りずにまた会っていた。私は裁判のことを夫に言わなかったが、彼女もまた夫に言わなかったらしい。私たちは真の当事者たる夫にすべてをひた隠しにして一年以上戦ったのだった。そのさまは、敵でありながらまるで同じ秘密を抱えた共犯者だ。

交際をやめるようにという内容の手紙を何通も送った。だが彼女は会うのをやめないし、不倫をやめさせることは法的にはできない。

なんてふざけた話なのだろう。私はとうとう彼女に電話をかけた。そして言われたのだ——あたし、別れるつもりありませんから！

私は絶句した。一年の戦いを経て、私は勝訴し、彼女は完全に敗訴した。彼女との綱引きのせいで、私の手はぼろぼろだった。アカギレのように擦《す》り切れ、血が滴《したた》っていた。何度も放り出したくなるほど苦痛だった。満身創痍《そうい》だった。それでもあなたにとって手放せない男なの？　この戦いをやめたいと思ったほうが負けなの？　私はこの舞台からこんなにも降りたいのに。

彼女は別れるつもりはないらしいが、夫もまた、私と別れるつもりがないらしかった。夫にいわせれば私はすべてにおいて至らない女だ。料理はおふくろのほうが上手《うま》いし、アイロンがけもそう。掃除も。共働きを許してあげているのだからせめて家事は完璧にすべきなのに、まったくもってなっていない。だからといって社会的に大切な仕事に従事しているわけでも、地位があるわけでもない。

こんな至らないばかりの妻でも、離婚をするのは世間体が悪い。離婚歴があると出世に差し障《さわ》る。上層部はナンセンスな価値観の持ち主ばかりで、夫婦間の機微を斟酌《しんしゃく》しない。離婚という事実をまず重んじる。何の理由もない離婚など到底できない。妻が不倫で駆け落ちしたとか、妻の浪費癖があまりにひどかったとか、妻が有責であるのは絶対条件だ。

妻から離婚を切り出された男は格好が悪い。だからせめて、妻の悪行が目に余る状態で、とうとう堪忍《かんにん》袋の緒が切れて妻を叩き出す……という状況でなければならない。たとえば子どもができないから離婚したなどと言ったら、女性役員からは目の敵《かたき》にされるだろう。女性社員も多い。あいつらを敵に回すと面倒臭いだけではなく厄介《やっかい》だ——すべて、夫の考えそうなことだ。

私、全部知っているのよ。あなたがかれこれ五年も不倫をしていること。愛人と初めて出会った場所、デートの回数、初めて性行為をした日時。どんなプレイをするのか。行きつけのラブホテル。有給休暇を使い果たしたこと。何度も中絶していること。

あの女は何もかも包み隠さず教えてくれたわ。あなたのほくろの位置を全部知っていることを自慢していたわ。寝顔の写真もあるそうよ。私より自分のほうが、あなたを愛しているのだそうよ。

そうね、私の中に確かにあったはずのあなたへの愛情は、とうに枯渇《こかつ》しているのだから、この世には私よりあなたを愛している人のほうが多いに決まっているわ。少なくとも、彼女と母親はあなたを愛しているだろうから。

法廷でさえ私の夫を愛していると泣きながら言い放った彼女は、本当に夫を愛しているし、どれほど皆に呆《あき》れられても、嘘《うそ》を吐けないのだろう。今なら、熨斗《のし》でもつけてくれてやりたいと思える。

私が夫にすべてを告げて離婚を切り出せば、夫は離婚したくないと答えるだろう。妻から離婚を切り出される男、妻に愛想をつかされて出ていかれた男を嘲笑《ちょうしょう》していた彼だから、自分が同じ立場になったと知ったら、土下座してでも私を引き留めるだろう。

僕が悪かった、許してくれ、頼む、離婚だけは、離婚だけはしないでくれ――。あの人は自分の土下座に価値があると思っている。大の男がここまでして妻が許さないはずがないと勘違いしている。

私にとってあの人の土下座など何の価値もない。けれど、振り落とすのが面倒なことだけは確かだ。面倒――そう、その面倒臭さに私が耐えられないことを、夫は知っているのかもしれない。忌々《いまいま》しい話だ。

義母はともかく、義父からは嵐のような怒号が飛ぶに違いない。どんな事情があったとしても義父は私を貶《おとし》める。夫の女遊びを許さない愚妻《ぐさい》だと私をなじる。どうやら、昔自分も相当遊んだらしい。それでも義母は許したらしい。

私は、私のせいで離婚になったと言ってもいいわだなんて提案してあげられるほどお人好《よ》しにはなれない。私から離婚を言い渡せば、法廷では必ず離婚が認められる。わかっている。それでももうあの場所で戦えるほどの体力も精神力も残っていないのだ。あの女が根こそぎ奪っていったから。夫とぶつかればあの女と戦う以上に苦しむとわかっているから。

だからといって夫を愛人とシェアできる価値観は残念ながら持ち合わせていない。とはいえ私は夫が望むように有責になんかなりたくない。不倫なんかしたくない。もう男女のトラブルに巻き込まれたくない。どうして私が夫のために不倫してあげなくてはいけないの。浪費もしたくない。もうお金がかかることはたくさん。たった十万円のために、心は回復できないほどダメージを受けている。

どうすれば、自由になれるのか。どうすれば、この苦痛から逃れられるのか。どれほど考えてもひとつの答えも見つからない。いや、見つからなかった。迷路の出口を目指して彷徨《さまよ》い続け、どれほど道に迷ったのか。ある日、ふと思い浮かんだのだ。辿《たど》り着いた果てに、闇が広がっていると知りながら、私はその闇に手を伸ばした……。

彼らが死ねばいい、と。

それでも、ずっと迷い続けていた。自らに生まれた殺意の輪郭《りんかく》は、はっきりとした形を伴《ともな》っていなかった。だが獄暑を前に、あの熱に彼らが焼かれてしまえばいいのにと考えたとき、方法を編み出してしまった。誰にも知られず、成し遂げられるかもしれない。殺意は、はっきりとした輪郭を描き始めた。あとはなぞるだけ。来年実行するつもりで、準備をし始めた。そこに今年、義母の提案が転がり込んできた。

だから運命の分かれ道、夫が私とともに旅行に来るのなら、彼らは助かる。もし旅行に来なければ——助からない。そして彼らは選んだのだ。助からない道を。

*

「こちらがコテージの鍵でございます。同じ鍵でパントリーの床を開ければ地下通路がございますので、非常時にご利用ください」

午前十時前。私はフロントで受付を済ませ、これから滞在するコテージの鍵を受け取った。食料を詰めた袋を提《さ》げ、キャリーケースを転がしながら、緑豊かな丘に点在するコテージのうち、比較的小さめのコテージに辿り着く。

鍵を開け、念のため非常時用の地下通路を確認し、施錠《せじょう》する。熱波日とその前後の日が獄暑と呼ばれ始めた頃から、地下通路や地下街の開発が進んだ。一般の住宅でも地下シェルター付きの建物が現れている。私の家はそういった設備はないものの、最近自宅を建てた友達の家には、空調完備の地下室があった。

今頃、あの女は私の家に入り込んでいるのだろう。自分の領域を侵されて吐き気がするやら、あまりの図々しさとふてぶてしさに呆れるやらだが、なにより不気味だ。私には彼女の心境が想像できない。何を考えているのか一切理解できない。

夫を愛していると言っていたが、私は執着ではないかと思う。彼女自身も、わからなくなっているのではないだろうか。

私が彼女の立場なら、あの家にあがることなどできそうにない。だが彼女は来る。『行く』と答えたからだ。彼女は駆け引きをしない。夫に対して、わざと焦《じ》らしたり、ミステリアスさを気取ったりせず、素直にぶつかる性格をしている。手練手管《てれんてくだ》とは無縁で、幼い子どものような女だ。実際はそんなに若くないのだが、言動は幼稚だ。

自宅のエアコンは三つあるが、すべての室外機に屋根がない。去年、植木鉢を落として壊してしまったのだ。獄暑までには修理しようという話はしたが、夫は自宅のメンテナンスに一切興味がなく、私もすっかり忘れていた。

エアコンはすべて、五年以上前の機種だ。ホース部分は、直射日光と熱波にさらされ、経年劣化のために溶けつつある。室外機は奇妙な音を立てている。間違いなく、今年の熱波には耐えられない。

この春に契約アンペアを下げたことを、夫は知らない。エアコン一台とオーディオとドライヤーを同時に使えばすぐに落ちる。事前か事後かはわからないものの、彼らは早い段階で風呂に入るはずだ。そうすればドライヤーを使う。

私は常日頃から再三伝えている。オーディオを使っているときは、ドライヤーは使ってはいけないと。だが彼はその注意を守らないだろう。

ブレーカーボックスの位置は土間の上だ。夫はその場所を知っているのだろうか。知っていたとしても、手が届かないから脚立《きゃたつ》や椅子《いす》が必要だ。脚立はシューズボックスの中にある。だが肝心《かんじん》のブレーカーボックスの扉が壊れていることは知っているだろうか。開けるにはコツが必要だ。

どうしてものとき、夫は私に連絡してくるだろう。「ブレーカーってどこだっけ?」私は答える。「土間の上よ。脚立はシューズボックスの中。ブレーカーボックスは開けにくいから、両端を叩くみたいにしてね。寝るときにはエアコンは一台だけしか稼働しないようにね」

電気は復旧する。彼らは安心する。これでもう大丈夫。もしも電気の供給が断たれたら、別の場所に避難しなければならない。不倫女の家に行けば済むけれど、せっかくの機会だから広い家でふたりで過ごしたいだろう。彼女の部屋は狭いのだ。それにこんなトラブルは、そう何度も起こらないだろう。だから安心して逢瀬《おうせ》を楽しむ。ブレーカーを元に戻した頃には体力を消耗している。エアコンにはダメージが蓄積される。

冷蔵庫の中には、それなりに食材が入っている。調理をしなければならない食材ばかりだが。冷凍庫は今日のために空っぽだ。氷ひとつ入っていない。

きっとあの女は三日間のバカンスのために買い物をしてくるだろう。百貨店の地下食品売り場で買った高級な惣菜《そうざい》を、私の買ったダイニングテーブルに並べるに違いない。

念のため作り置いてある食べ物は、手をつけないか、ゴミ箱に捨てるはずだ。捨てられるために作ったから、とても塩辛い。塩をすべて使い切ったからだ。私が細工をしてエアコンが使えなくなった家で熱波の一日を耐えるためには、衰弱する前に水に浸かって塩を舐《な》めるしかない。

だが、水栓は今晩閉まる。散水栓から漏水《ろうすい》し、水道はオートストップする。事故が起こるのだ。それに、ブレーカーはもう一度自動的に落ちる。夫はリビングのエアコンをつけたまま寝室に移動するし、夜中にはタイマーをセットした家電が音もなく目覚める。そしてエアコンごとダウンする。恋人たちは何も知らずに眠っている。

暑いと思い、もう一度復旧を試みるだろう。だがブレーカーは二度落ちたらロックがかかる。電気の復旧は、電力会社に電話する必要がある。だが夫はその事実を知らない。

水と電気の生命線を断たれた彼らは、獄暑の熱帯夜を耐えられない。念のため脱衣所の窓を細く開けてきた。熱波の侵入を許せば、家はすぐに死で満ちる。

月曜日の朝、私が帰りついたとき、彼らは自宅のどこかで蒸し焼きになって息絶えている。私は仕掛けを回収し、彼らの遺体を発見する――完全犯罪だ。

熱波日に自宅で死ぬ人はたくさんいるし、もはやニュースにすらならない。

そういえば、自宅には録音機を仕掛けてある。夫の不倫を疑って以来愛用していた録音機を、いくつか隠してある。音がしたときのみ録音する仕組みのものだ。この三日間、あれはフル稼働するだろう。

彼らが愛を囁《ささや》き合っている様子が録音されているのだろうか。それとも私の悪口で盛り上がっているのだろうか。ただ獣《けもの》のように性を貪《むさぼ》りあっているのだろうか。

馬鹿にされるのはもうたくさんだ。だが彼らが静かに死んでくれさえすれば終わりだ。何もかも。やっと終わる。こんな喜劇はさっさと幕引きだ。

地獄のように暑い季節に立つ逃げ水を追うような、この季節性の殺意にもじきに決着がつく。

トゥルー・ラブ

真実の愛は幽霊のようなものだ。
誰もがそれについて話をするが、それを見た人はほとんどいない。
フランソワ・ド・ラ・ロシュフコー

TRUE LOVE

一

濃淡様々な赤い糸が四方八方に広がる光景を見て、わたしは「こんな景色だったんだ」と妙に納得した。まさに百聞は一見に如《し》かずだ。

物心ついたときから、祖母と母、三つ上の姉から「赤い糸が見える」という話を散々聞かされていた。だがわたしにはまったく見えない。能力がないからだ。霊感の有無のようなもので、見えないものは見えない。だから祖母らの視界については、半信半疑だった。といっても、祖母の能力で糊口《ここう》を凌《しの》いでいる以上、信じざるを得ない。だが自分は想像するしかできない世界だった。なのに、急に見えるようになったのだ。一目見て納得した。こんな景色だったのだと。

昨晩のことだ。二十三時を過ぎて、視界の端にちらちらと薄く糸が見えた。疲れ目だとばかり思っていた。ベッドの上に寝転がって無為に時間を空費していただけで、高校二年生なのにろくに勉強もしていないし、何に疲れたのかと訊《き》かれると言葉がないのだが、それでも疲れ目だと思っていた。

だが今朝、高校への通学路を歩いている人たち全員、小指から東西南北に向かって赤い糸が伸びている。教室で全員が着席して授業を聞いている景色では、クラスメイト三十五人と数学の先生から、それぞれ赤い糸が広がっている。

これこそ、「赤い糸が見える」だ。

見えてみると、案外大したことがない。わたしの率直な感想だ。こんなものが見える見えないで何を大騒ぎしていたのだろうか。肩透かしだと言いたかった。誰にともなく、そう訴えたかった。

わたしの一族は、代々赤い糸が見える。切ったり繋《つな》いだりもできる。祖母も母もこの力を使って他人の運命を変えてきた。いわゆる別れさせ屋だ。縁結びも行う。力は一子相伝で、生まれたときから姉だけが後継ぎだった。わたしは何も見えず、ずっと蚊帳《かや》の外だったのだ。

どうして今になって急に見えるようになったのかは知らない。今更発現するのなら、もっと小さいときに欲しかった。姉が羨《うらや》ましくてならなかった。見える者同士の会話にはついていけないのだ。だが欲しがったところで得られる力ではなく、仕方ないと諦《あきら》めるほかない。すべて昔の話だとばかり思っていた。なのに。

――他人のためにしか使ってはいけないよ。

祖母の言葉が耳によみがえる。

――私たちは「道具」。この文房具と同じ。ハサミであり接着剤。だが、ハサミや接着剤が心を持ってはいけない。

祖母は折に触れて姉とわたしを呼び出し、言い聞かせた。純和風の祖母の家は全室畳敷きで、座布団もなしに正座させられ、姉とふたり並んで祖母の説教を聞いた。

赤い糸が見える一族に生まれた心得だ。だがわたしには見えない。隣の姉は神妙な顔で時々頷《うなず》きながら熱心に祖母の話を聞いていた。

わたしは祖母の話のほとんどが理解できない。見えないからだ。見えないのにどうしてこの場に来なければならないのか、腹立たしい気分だった。見える人には、きっとわからない感情だ。わたしと姉は対照的な姉妹だった。祖母は姉を可愛《かわい》がり、わたしに呆《あき》れていた。

わたしは半ば投げやりになりながら、それでも祖母の気を引きたくて訊《たず》ねた。姉と同じように、可愛がってほしかった。平等に接してほしかった。当時の気持ちを思い出すと、いじらしい自分を慰めてあげたくなる。

──自分のために使ったらどうなるの？

祖母は鬼のような形相に変貌《へんぼう》し、わたしは身を竦《すく》めた。

──なんと恐ろしい娘だこと。……まあいいわ。道具が心を持ち、自身のために力を使えば、お天道《てんと》様が必ず見ている。二度と力を使えないようになる。

どのみちわたしには関係がない。一度も使えない力を二度と使えないようになることなど何も怖くない。やはりわたしには真の意味で理解できないのだ。

「さよちゃん。ごめん、これ回して」

と、そのとき、左隣の席の岡本《おかもと》ちゃんから手紙を渡された。そういえば数学の授業中だった。わたしはハート型に折られた手紙を、右隣の和田《わだ》くんへ、先生の目を盗んで渡す。左隣から伸びる赤い糸は、そのまま右隣へ繋がっている。わたしは不思議な気分で、目の前を横断する糸を眺めた。

(本当に、このふたりは赤い糸で繋がってるんだ)

岡本ちゃんと和田くんは、赤い糸が見えない人からも、赤い糸で繋がっていると言われている、校内ベストカップルだ。小学校のときからずっと付き合っていて、中学校高校と一緒にいる、美男美女。

岡本ちゃんは、すらっと細身で肌が白くて、街を歩けば芸能事務所にスカウトされるくらい可愛い。ダンスが得意で、アイドルを目指していたことがあるらしい。

和田くんはサッカー部の主将候補といわれている。イケメンで、こちらも読者モデルをしないかと声がかかることも頻繁《ひんぱん》だとか。勉強もトップクラスの成績だ。

文化祭のミス・ミスターコンテストでもそれぞれ選ばれた、まるで少女漫画の主人公みたいなふたりだ。

しばらくして、後ろの席の紫穂《しほ》から肩をトントンされて、手紙が回ってきた。

『おい伝書バト！　チャッピーとパッパラの手紙の中身見せろ』

なんと毒々しい手紙だろうか。思わず顔をしかめる。

チャッピーは岡本ちゃんで、パッパラは和田くんの隠語だ。語源は知らないが、そういうことになっている。ラブラブなカップルを見て、羨ましいと素直に思える人ばかりではない。というより、実は隠れアンチが多い。表面上は、小学生から仲良しで羨ましいというこ とになってはいるが、たぶんクラスメイトの半数は裏ではアンチで、残りの半数は無関心を装っている浮動票だ。

『めんどくさいよ〜』

わたしは手紙に直接返事を書いて、紫穂に返す。面倒事には巻き込まれたくない。返信を読んだ紫穂は、わたしの背中をシャーペンでつついた。

「いっ」

わたしが痛がり、紫穂はシャーペンでつつくのをやめた。先生が訝《いぶか》しげにこちらを一瞥《いちべつ》し、また授業に戻る。しばらくして、ふたたび肩をトントンされる。

『裏切り者ー！』

この字は、紫穂の後ろの席の結衣《ゆい》だ。

『開けるのなんかゼッタイ無理だって。チャッピーこっち見てるし目怖い』

すると、紫穂がギョロ目のイラストを描いて寄越した。岡本ちゃんは目がこぼれんばかりに大きい。特徴をうまく捉《とら》えている。さすが美術部というべきか。

それからしばらく、紫穂と結衣のあいだで手紙がやり取りされているようで、わたしは解放された。

岡本ちゃんと和田くんに挟まれること数カ月、一日一度はカップル間のラブレターを回す係になってしまったが、あと一カ月もすれば席替えがあるから我慢するつもりだ。確かに伝書バト扱いは面倒臭いし、いい気はしないが、断って波風を立てるほどではない。

幸せな者たちは妬《ねた》まれる。それが世の摂理《せつり》だということは、わたしは昔からよくわかっている。おそらく、他の人よりも。

岡本ちゃんと和田くんのように、幸せだというアピールは、してはいけないのだ。この世界には不幸な人のほうが多いのだから。不幸な人は、幸せなアピールを好意的に捉えない。母も祖母もそう言っていた。

うちは、誰かと誰かの別れを望む人から莫大《ばくだい》な金額をもらって生計を立てている。だが表面上はとても質素な生活をしている。

豪邸を建てたり、数千万もする外車を乗り回したりすることは容易だ。だが、泥棒に入られたりイタズラされたらストレスが溜まる。殺されることもある。見た目だけでも質素にしておけば、余計なトラブルを抱える心配はなくなる。もし正しい答えに辿《たど》り着けるときは、自分の考えに従えばいいけれど、答えが見つかるまではこの教えを忘れないようにと言われている。

ピンと張った赤い糸は、岡本ちゃんと和田くんが運命の恋人同士であると示している。視界の邪魔ではあるが、ふたりはやはり運命だったのだ。この世の理《ことわり》はたやすくは覆《くつがえ》せない。ふたりにはこれからも様々な困難が待ち受けるだろうが、きっと力を合わせて乗り越えてゆくのだろう……。

またもや手紙が回ってきた。この字は結衣の隣の美彩《みあや》。

『いいかげん別れろー！』

美彩は、和田くんにずっと片想いをしている。幼稚園からの幼馴染《おさななじ》みで、出会った瞬間から雷《かみなり》に打たれたように恋をしているそうだ。だが、小学校三年生のときに転校してきた岡本ちゃんの登板で、美彩の恋は叶わないものとなった。それでも諦めずに同じ高校にまで入学する執念がすごい。無論岡本ちゃんは美彩を警戒しているし、和田くんは当然何も知らない。

美彩の叫びを読んだとき、わたしはもう一度納得した。美彩のような、ひとつの恋にとらわれてどうしようもなく苦しい人のために、この能力があるといえる。祖母も母も、片想いという抗《あらが》えない気持ちの足元をみて、値段をつけて、両想いを売っていたのだ。

（いうほど高尚な力じゃあ、ないな）

そう思うと、なんだかガッカリした。

二

「もしふたりを別れさせることができたら、いくら出す？」

昼休みに、わたしは美彩に訊ねてみた。美彩と紫穂と結衣と、屋上に続く階段の踊り場で弁当を広げて食べている。いつもこの四人だ。美彩と紫穂のふたりは特に岡本ちゃんと和田くんへの嫉妬《しっと》に熱心だ。ただし、美彩が和田くんへ片想いをしているのに比べ、紫穂は面白半分だ。思春期特有の攻撃性を彼らにぶつけているだけという感じもする。

「百万円」

美彩はぽつりと言った。わたしは相場を知らないが、自分にとって百万円は大金といえた。そんな大金を得られるんだったら、この力を使ってもいいかもしれない。といっても、わたしは一度も、赤い糸を切ったことがない。

（切れるのだろうか）

見えるようになることと、切ったり繋げたりすることはイコールだと思っていたが、実際は違うのかもしれない。少なくとも、わたしは糸の切り方を知らない。

祖母の言を思い返すに、わたしたちはハサミそのものだ。ならば指のハサミで切れるというのだろうか。わからない。わからないことが多い。

だからといって祖母や母に具体的なやり方を訊ねるのは癪《しゃく》だった。わたしはずっと、赤い糸共同体から疎外されてきたから。また姉にでも訊いてみよう。姉なら教えてくれるだろう。

現実的な紫穂は、財布を漁《あさ》り、札を取り出した。

「うーん。五千円入ってるから五千円だね」

紫穂は札をぴらぴらとさせた。結衣がドン引きしている。

「マジでか。財布空っぽになるじゃん」

「ほんとに別れるんだったら。面白そうじゃん？」

「いやいや、無理っしょ」

結衣は冗談だと笑い飛ばそうとし、わたしは五千円を受け取った。

「さよ、やめなよ」

「いいって。やってみてよ」

紫穂は、わたしの家が特殊な仕事をしていると知っている。内容は伝えてはいないが、祖母や母が何かを請け負って、祈禱《きとう》師の真似事をしていると思っている。赤い糸の話は一切していないものの、姉に不思議な力があるという話はしたことがある。だからある程度信じているのだろう。

「でも別れなかったら返金してね」

「いいよ」

わたしは請け合ったが、これからどうしたらいいのだろう。とにかく昼休みが終わり、ふたたび授業が始まって、岡本ちゃんと和田くんの糸を、指で触ってみた。意識しなければ通り抜ける。触ろうと強く意識すれば、糸に触れることができた。ピンと張っているが、ゴム製のようにたわむ。糸というから天然素材をイメージしていたが、輪ゴムのほうが近い。

ついで、わたしは指でハサミの形を作ってみた。だが、小さいハサミで分厚い段ボールを切るがごとく、ハサミはまったく役立たずで糸は切れない。

専用のハサミがあるという話は聞いたことがないし、道具を見たこともない。身ひとつのはずだ。だが、これまで一度も、祖母や母が誰かの糸を切るシーンに立ち会ったことがない。なぜなら、人と人との間に入って糸を切ったり繋いだりという作業の都合上、出張で仕事を行っていた。わたしはついていったことがないのだ。具体的な方法は知らない。どうやっているのか、訊いておくべきだった。

とはいえ、切ったり接着できるのは間違いないのだ。今更悔いても仕方ない。

わたしは試しに、筆箱に入っているハサミを手にした。そして赤い糸に触れる。ハサミでも触れられる。躊躇《ためら》わずにハサミを動かし、糸を切る――切った。切れた！　糸は力を失い、それぞれ床に落ちていった。わたしは半ば呆然《ぼうぜん》としていた。心臓がドキドキして、高揚感がピークに達する。

切れたのだ。運命のカップルの赤い糸が。

三

岡本ちゃんと和田くんの手紙は、今日はもうなかった。ふたりの様子に異変はなく、それぞれが考えていることはわからない。帰り際、紫穂からは「別れなかったら返金ね」と念を押され、わたしは別れるまでは五千円は使わないようにしようと決めた。

翌日になって、教室は騒然としていた。朝の教室では仲の良いグループがまとまって話をしているのだが、そのどれもが「本当に？」「嘘《うそ》。あのふたりが？」と、ざわめいていた。

わたしが席について荷物を開けているとき、紫穂が寄ってきた。

「いったい何したの？」

「何が？」

「別れたって、チャとパ」

チャとはチャッピーの略で、パとはパッパラの略だろう。どんどんわかりづらくなっていく。

る。
「まあいいけど」
「方法は企業秘密」

紫穂の五千円はこれでわたしのものだ。岡本ちゃんと和田くんの糸は床に垂れ落ちている。

わたしはやはり納得した。おそらく〝ハサミ〟はなんでもいいのだ。なんなら、本当は指のハサミでも切れると思う。切ると信じる力、必ず切れると信じれば、わたしは触れるだけでも糸を切れるようになるはずだ。

岡本ちゃんと和田くんの破局は離婚とまで評されて校内を駆け巡った。その日、岡本ちゃんは休み時間ごとに他の男子に呼び出され、和田くんは他の女子に呼び出されても面倒臭いといってのこのこ出ていったりはしなかった。

放課後、わたしは美彩に呼び出され、あまり使われていない女子トイレに連れ込まれた。美彩は私を締めるのではなく、ただ焦っているような、慌《あわ》てているような雰囲気だ。鞄《かばん》の底から分厚い封筒を取り出して、わたしに押し付けた。受け取って封筒を覗《のぞ》くと、札束が入っていた。厚さ一センチくらいある。わたしは慌てた。

「ちょっ、えっ……」
「百万円」
「は、はあ」

「ヨーイチと私を両想いにして」

ヨーイチというのは和田くんのことだ。

別れさせるのにいくら払えるかという質問はしたが、両想いにすることもできるとまでは言ってない。教えていない。だから美彩の依頼は論理の飛躍だ。だが、実際のところ、両想いにしようと思えばできる。むしろ別れさせ屋の仕事のひとつだと思う。

だって、別れさせるだけでは任務を完遂したとはいえない。つまり、「岡本ちゃんと和田くんを別れさせる」には、どちらかの赤い糸が他の誰かと繋がれるところまでが、本来の依頼になる。ただいたずらに別れさせるだけの依頼など成り立たない。

美彩は、赤い糸の存在を知らない。わたしが何らかの特殊な力でふたりを別れさせたと思っている。その何らかの特殊な力で、今度は美彩と和田くんを両想いにすることを望んでいる――。

わたしは恐ろしかった。美彩は友達だから望みを叶えてあげたい。友情が理由だから、わたしはまだ純粋でいられる。だが他人の望みに触れたとき、わたしは純粋なままでいられるだろうか。値段を釣り上げることができるシステムを前に、金の亡者になりはしないか。自信がない。

（いや、お金は必ず受け取らなくてはならない。金を受け取らなければ、道具になりきれなくなる。わたしは対価を受け取らなくてはならない……）

わたしは封筒をポケットに入れた。

美彩は百万円を払った。和田くんと両想いになりたい人は他にもいる。和田くんは有望株だ。サッカー部の主将になるし、読者モデルとかなんとかでイケメンだしスタイルもいいし、頭も良くて勉強ができる。いい大学に入るだろう。美彩が百万円なら、百一万円出す人がいるかもしれないし、一千万円出す人もこれから現れるかもしれない。

これが超有名アーティストとか、芸能人とか、資産家や経営者だったらどうだろう。また、そういう人がお金を払うほうなら、手に入れたい異性に対して、いったいいくら払うのだろう。

祖母や母が儲《もう》かるはずだ。わたしもこの力で儲ける。商売になる。恐ろしいことに。

わたしは美彩を見つめた。美彩の小指には赤い糸があり、運命の糸は東の方角に向かって伸びている。糸の先に、彼女の本当の運命の人がいるはずなのに。

「いいの？　和田くんと付き合うことになったら、本当の――」

神様が決めた本当の運命の人とは結ばれなくなる。人為的な運命よりも、いつか出会う人との運命のほうが大切ではないか。だが美彩の瞳は真剣だった。美彩の瞳からは涙がこぼれて落ちる。

「いいの！　ヨーイチがいい！　ずっと……ずっと好きだった、ずっとだよ。知っているでしょ。私が幼稚園の時からヨーイチを好きだったって！」

美彩はわたしの腕を摑《つか》み、縋《すが》りついて泣いた。恋心だけではなく、長年の悔しさや、悲しさ、嫉妬などの感情が爆発し、涙となってこぼれ続けた。

「ずっと好きだった。なのに、なんでって、ずっと思ってた。チャッピーは、そんな悪い子じゃない。だからこそ嫌だ。チャッピーを見ないでって思う自分が嫌だった。ヨーイチを諦めたいって何度願ったかしれない。片想いをやめたほうが楽になれるって、幸せになれるって。でも、無理だったんだもん。どうしても好きで、好きで……。ふたりが幸せになるよりも、私が幸せにする。ヨーイチを手に入れられるなら、他に何もいらないから！」

運命の人と、諦められない恋は、まったく別物なのだ。

わたしは観念して美彩の小指の糸を摑み、指ハサミで切る。思ったとおり、触れただけで糸は切れた。切ろうと思えば、切れると信じれば、やはり切れるのだ。

「行こ、和田くん、部活でしょ」

わたしは戸惑う美彩の手を引き、走り出した。ふたりで、人の疎《まば》らな校内を駆ける。和田くんは校庭にある冷水機で、ひとりで水を飲んでいた。赤い糸は地面に落ちている。和田くんは、わたしと美彩がやってきたことに気づき、顔をあげた。

「おーっす」

わたしは美彩の糸を握ったまま、慌てて和田くんに近づき、地面に落ちた和田くんの赤い糸を拾い上げる。和田くんは、何をしているんだという顔をしていた。

「なんだなんだ」

「ちょっと待って」

「あのさ、ヨーイチ！」

美彩が和田くんを真剣に呼んだ。まずい、告白するつもりだ。待ってほしい。まだ糸をどうすればいいのかわからない。

わたしはふたりの糸をとりあえず結んでみる。これでいいのだろうか。接着剤と言っていたはずだから、切断面を接着しないといけないのだろうか。だったら結ぶのでは足りない。だが、指ハサミで切るまではいいとしても、接着剤ってなんだ？　舐《な》めればいいの？

「どーした？　美彩。ふたりして何してんの？」

わたしは唾《つば》をつけた指先で、くっつけくっつけと念じながら、玉結びになっている箇所を潰した。指を開くと、なんとなくくっついている気がしなくもない。

「私、ヨーイチが好きです。ずっと好きだったの」

美彩は泣き声で、とうとう和田くんに告げた。それは、幼稚園の時から、言いたくても言えなかった言葉だった。場には沈黙が流れ、わたしは赤い糸の状態を見守る。これは……やはり接着できたのだろうか。一応繋がっているように見える。

「あー……」

和田くんが、迷うような声をあげた。わたしは和田くんの様子を見る。和田くんと目が合った。和田くんは顔を赤くしていた。

「あのさ、ごめんだけど外してくれん?」

「あっ、スミマセン」

和田くんに言われて、わたしは美彩を見つめる。美彩の瞳は両想いへの期待に輝き、わたしにはゴメンという片手を作り、わたしはその場から逃げるように立ち去ったのだった。

四

帰り道は、わたしひとりきりだ。美彩と和田くんの告白現場から逃げ出したわたしは、そのまま荷物をまとめて帰ることにした。おそらく、美彩の告白は成功し、和田くんは美彩と付き合い始めるだろう。

学校を出るときに、岡本ちゃんを見かけた。岡本ちゃんの赤い糸は地面に垂れたままで、引きずっていた。あの糸は、この先どうなるのだろう。誰かが繋げたり、他の人と繋がったりするのだろうか。まさか元に戻ることはないだろうが……。なんとか幸せになってほしい。申し訳なく思う。

わたし以外にも、わたしの祖母や母や姉は、あの糸を切ったり繋げたりできる。他に同じような力を持っている人がいるとは聞いたことがない。糸を放っておくとどうなるのか、様子を見ておこう。

とにかく、美彩の告白に間に合ってよかった。そう思う。もし間に合わなかったら目も当てられなかった。今度からは、衝動的に誰かと誰かを切ったり繋げたりせず、もっと慎重に計画的に行うべきだ。走ったせいか、なんだかとても疲れた。

将来商売をすれば、わたしは祖母や母のように悠々《ゆうゆう》自適な人生を送ることができるだろう。そう考えると、未来は明るい。この力を駆使できる。でも祖母や母に、突然力を得たと話したら、どうせうるさいだろうから、しばらく言わないでおこう。過去に受けた心得などを思い出して、おさらいしておこう。そうだ、姉に訊くのでもいい。姉は大学生でひとり暮らしをしている。ここから歩いていけるし、姉はなんだかんだわたしに優しいから、いろいろと教えてくれるだろう。

わたしは早速、姉のもとに向かうことにした。姉の住んでいるマンションに向かう間にも、どの人物にも赤い糸があるのが見える。だが切れている人もいる。なぜ、どのようにして切れたのかはわからない。それはこれから知っていけるだろう。

（最後は、どうなるんだろう）

おそらくわたしは死ぬまで赤い糸が見える。祖母は今も赤い糸が見えている様子だ。母は若い頃にたくさん稼いで、もう仕事はしていないと言っていた。今も見えるのかはわからないが、見えないとも言わない。だから年齢によって、たとえば視力が衰えるように見えなくなる……ということはないような気がする。

祖母の心得を思い出す。

――他人のためにしか使ってはいけないよ。

――私たちは「道具」。この文房具と同じ。ハサミであり接着剤。だが、ハサミや接着剤が心を持ってはいけない。

――道具が心を持ち、自身のために力を使えば、お天道様が必ず見ている。二度と力を使えないようになる。

つまり、自分のために力を使うそのときまで、他人のために力を使う限りは、永遠の力だ。

わたしは自分の手を眺めた。赤い糸が結ばれているのが見える。この先に運命の男性がいると思うとくすぐったい。いつか出会えるのが楽しみだ。追っていってもいいけれど、なんとなく怖い感じもするから、今はやめておく。

そうこうしているうちに姉のマンションに辿り着いた。偶然、エントランスで、男性連れの姉と出くわした。

「お姉ちゃーん」

わたしは大きく手を振った。姉はよく実家に帰ってくるのだが、こうしてちゃんと顔を合わせるのは久しぶりな気がした。何よりここ数日、わたしの日々は波乱の連続で、姉と会えて安心できた。

「どうしたの？　わざわざ来たの？」

「うん。お姉ちゃんに訊きたいことがあってさあ」

真面目な姉と、対照的に投げやりなわたし。姉はわたしの性格を理解し、決して驕《おご》らない態度だった。

駆け寄っていくと、姉は私を隣に並ぶ男性に紹介した。

「あ、妹なの」

「あ、そうなんだ。初めまして宜《よろ》しく。お姉さんとお付き合いをしています」

彼氏は、爽《さわ》やかな風貌《ふうぼう》の好青年で、背が高くて優しそうだった。最近売れ始めた若手俳優によく似ている。眼鏡をとったら、もっと似ているのではないだろうか。

「こちらこそ宜しくお願いいたします。お姉ちゃん、彼氏いたんだ。芸能人に似てるね」

姉が好きだと言っていた芸能人によく似ている。やはりこういう顔が好みなのか。そのうえ、姉と彼氏は赤い糸で繋がっていた。姉はすでに運命の出会いを果たしたのか。すごい。

「うん。芸能人なの」

姉はあっけらかんとして言った。わたしは驚いて、もう一度その彼氏を見た。

「本物!?」

「うん」

姉は頷き、彼氏は意味深に微笑《ほほえ》む。

「内緒ね。週刊誌とかに撮られるとまずいから」

彼氏は眼鏡を軽く外した。芸能人に似ているどころか、確かにその人だった。そっくりさんの可能性も無きにしも非《あら》ずだが、本物だというのならば本物だろう。

「すご。どこで出会ったの!?」

「ロケに居合わせたの」

姉はそう言った。

「そこでお姉さんに一目惚《ぼ》れ」

彼はそう言った。

「はー、運命ってあるんだねえ」

わたしはしみじみ言ったが、姉は目をそらした。その仕草が気に掛かって、わたしは糸に目を凝《こ》らす。そして気づいたのだ。

玉結びの部分があることに。

(……なるほど、お姉ちゃん、自分のために力を使ったの)

わたしはすべてを納得してしまった。

道具が心を持ってはいけない。お天道様が必ず見ており、二度と力が使えないようになる。姉は、自分のために好きな俳優の運命の女性との赤い糸を切り、誰かと繋がっている自分の糸を切り、糸同士を繋げた。

おそらく姉の能力は失われたのだ。一子相伝の能力は次女であるわたしに移動した、というわけだ。

祖母の話を真面目に聞いていたはずの姉の行動は、わたしにとって衝撃的だった。お天道様が力を奪う理由がわかる。私利私欲で他人の運命を動かしていては、世の中が無茶苦茶になってしまう。はっきり言って、とてもショックだ。

美彩と和田くんを咄嗟《とっさ》に繋げたあの方法がどうやら正しかったらしいことを知ることにもなって、さらに複雑な気分だった。

「どうしたの？　あがってくでしょ？」

姉は彼氏とともにエレベーターに乗り込み、立ち尽くすわたしを呼んだ。わたしは首を左右に振り、「ちょっと寄っただけだから、もう帰るよ」と言った。姉は不思議そうにエレベーターのドアを閉じた。

幼い頃からあれほど教育されてきたにもかかわらず、姉は恋心のためにいともたやすく約束を違《たが》えてしまった。だがそうであってはならないはずだ。

わたしは使命を悟った。姉の持ち物であった力は、本当はわたしの使命だったのだ。

わたしは上階にのぼっていくエレベーターに向かって、

「わたし、お姉ちゃんみたいにはならないようにするね」

と言った。

ラストタイム

toutes les étoiles, tu aimeras les regarder…

（きみはすべての星を眺めるのが好きになる。）

サン＝テグジュペリ

L A S T T I M E

一

クリスマスツリーを用意しようと思い立ち、私は冬の庭に出た。

雪は、秋の終わりから降り積もるばかりの、溶けることのない雪で、館《やかた》の外には一面の銀世界が広がっている。

なだらかな下りの丘に、光の加減で黒にも緑にも見えるもみの木の森が続いている。

薄暗い曇《くも》り空。

雪は今朝まで一週間降り続いていた。午後になってようやくやんだが、いまだ雪雲が低くたちこめているさまを見ると、またすぐにでも降り始めるだろう。

近くで翼がはためく音がして、枝の揺れる音、雪の落ちる音がする。

分厚い靴底は重く、雪に穴をあけるように足を差し入れながら、手斧《おの》を片手に進む。少しでも雪に触れれば、手袋越しなのに手指はすぐに悴《かじか》んでしまう。

外気温は氷点下、外にいられる時間は少ない。もう午後二時だ。早めに済ませなければならない。すぐに日が落ち、暗くなるだろう。

凍りつくような空気を吸い込めば肺が苦しくなる。あまり目を開けていると瞳さえ凍ってしまう。瞳が凍れば帰れない。文字どおり野垂れ死にだ。

そういう死に方も、悪くはないと思えるけれど。

若くてちょうどいい木があればいいし、そうではなくても、柔らかそうな枝をツリーに見立ててもいい。遠くまで行くと持ち帰りが辛《つら》いので、あまり離れてはいけない。

そう思っていたのに、手頃な木を見つけるのに手間取った。薪《まき》を作る程度の力では木を倒せず、幹に対して水平に深めに手斧を入れたら、引っ張っても抜けなくなってしまった。

不運というよりも落ち度だ。私は非力なのに、なぜこんな真似をしているのだろう。今夜という最後の晩を過ごすために、できる演出を尽くしたいと思っただけなのだが、それにしたって自分の可能な範囲ですべきだった。

手斧の柄《え》を両手で摑《つか》み、片足で幹を蹴《け》って引き抜くために力を込める。

あと十二時間。

「お嬢さん、怪我をしますよ」

私は久しぶりに聞く他人の声に驚き、手を放してしまって、蹴った足の勢いで背後に転びそうになった。

転ぶのは危ない。下り坂で転がれば、そのまま下っていってしまう。岩場にぶつかればひとたまりもない。

だが、私は誰かの身体《からだ》に受け止められて、その身体は大きく広く、微動だにしなかった。

彼には、数えきれないくらい、尻もちをつきそうになる私を受け止めてもらった気がする。

「……子ども扱いしないでよね」

「女性扱いです」

振り返ると、そこにはアポロンがいた。

その神様の名前がつけられたのは性格や性質によるものではなく、ただ単に容貌《ようぼう》が整っているからだ。

屈強な男性が好みの女性にはうけない顔貌《がんぼう》だろうが、繊細で甘い優男風といえる。金髪蒼眼《そうがん》の美しい男神を模している。背が高くて、黒いコートがよく似合う、やさしい瞳をした男。

「何に使うんです？」

「クリスマスツリー」

「当日に用意とは、なかなか慌《あわ》ただしいですねえ」

「いろいろ忙しかったのよ」

私の身体を受け止めたアポロンは、私を地面に降ろしたあと、片手で手斧を幹から救出し、若木を切り倒して不要そうな部分を取り除き、持ち帰り用にまとめた。帰宅したら、切り口を処理してクリスマスツリーとして飾り立ててくれるだろう。

私は曇り空を仰ぎながら、重い雲の上空を飛んでいるであろう宇宙船を想像した。

「さあ、行きましょう。身体が冷えていますよ。この寒さは堪《こた》えます」

アポロンはカイロをポケットから取り出し、私の手に握らせる。

「アポロン、どうして来たの？」

「お嬢さん、私を呼んだでしょう。私、どこにいてもお嬢さんが呼んだら声が聞こえるんです」

「箱舟に乗ったと思ってた。どうして乗らなかったの？」

「その台詞《せりふ》は、そっくり私の台詞ですよ。お嬢さん、どうして地球を脱出しなかったんですか。もう滅びるというのに」

アポロンが振り返って、行きましょうと言う。私は彼のあとをついていく。


地球は滅びるらしい。

これは現実らしい。

いまだに、信じがたいと思っている。

今夜、地球に隕石《いんせき》が衝突して、その規模はかつてないほどの衝撃を与え、地上の生物はその影響で死滅するかそれに近い状態に陥《おちい》り、さらに氷河期が訪れることによってとどめを刺される。

十年以上前から予測されていたために、人間は段階的に火星へ移住し、その移住のためのロケットは安直なことに「ノアの箱舟」と名付けられた。

私はアポロンの広い背中に向かって答えた。

誰かに訊《き》かれるたびに、同じ答えだ。

「思い出の土地を離れるくらいなら死んでもいい」

アポロンは呆《あき》れながら笑う。

「相変わらず強情なお嬢さん」

「隣町でも嫌なのよ。隣の星だなんて」

もう二度と、見知らぬ土地になど行きたくない。

「お気持ちはわかります」

だが、この十年、気持ちを置き去りにして、人間の移住は着々と進んでいった。

全世界の人口が百分の一にまで減ったのを機にインフラがストップした。

太陽光発電システムがなんとか機能しているから最低限の電力は得られるが、壊れたらおしまいだった。

水道は使えなくなるとわかっていたので、川から引くルートと地下から汲《く》み上げるルートを確保し、使えなくなる日に備えていた。

もともとガスがこない辺鄙《へんぴ》な山の上だったので、火に関しては原始的に、薪を使っている。

マッチも密封したものがまだ残っているがそれがなくなったら火打石を使う予定だった。

私は星を移る準備をするのではなく、残るための準備をし続けた。

わずかな期間しかなかった便利な時代を経《へ》て、古い時代に逆戻りし、私はこの生活を気に入っている。

食べ物は野菜を育て、鶏《にわとり》を育て、あとは物資が送られるのを待っていたのだが、二年前に供給が止まってしまい、それからは自作するものだけで生活している。もともと食べないほうであるし、それほど苦痛ではない。

私は言い訳のように付け足した。

「それに、ここはパパの家だから」

アポロンが、くすくす笑いながら、雪をかきわけて私のために通り道を作る。

自宅は山の中にある二階建ての館で、長く暮らした思い出の場所だった。

もう見えてくる。

赤い三角屋根が見えるとほっとする。

ここを離れることは考えられなかった。

命が惜しければ箱舟に乗るしかないが、まったく見知らぬ土地に行くよりもこの地で息絶えることを選んだ。

後悔がないといえば嘘《うそ》になるが、だからといってもう遅い。

船はクリスマスイブに出航するのが最後だったはずだ。

「え、まさか迎えに来たの？」

「残念ながら、もう出航しました。予定通りに」

「そう。残念ね」

私はほっとした。

自宅に入って玄関で雪を払いながら、同じように雪を払ってツリーの準備をし始めたアポロンに訊《たず》ねる。

「ママはどうしたの？」

アポロンは微笑《ほほえ》んだ。

「最終便にお乗りです。説得するのが大変でした」

「暴れたでしょ。でも間に合ってよかった。よかった……。ママは今頃、もう着いたかしら」

「まだですね。航行時間的に。まだ、船の中です」

「アポロンはどうして同乗しなかったの？　ママは旦那《だんな》様の次にアポロンがいないと何もできないのに」

「奥様のお世話は解除されました。全人類を移住するだけで精一杯なのだから、私は乗れませんよ。……私は、ロボットですもの」

そう、アポロンはロボットだ。

人間の男にしか見えないけれどロボットだ。

ロボットやその技術は保存する必要があるから、ロボットだから乗れないというわけではない。アポロンが箱舟の選別に漏《も》れたのは、おそらくその性質によるものだと思われた。

わかっていながら訊ねるなど、私は意地悪かもしれない。

彼はセクサロイドという種類のロボットだ。

性的な目的で作られたアンドロイドで、男性型というのは珍しい。

これを保存することは非生産的だという批判があったことは、ニュースで見たから知っている。ニュースというものがあった頃のことだ。

何も生み出すことがなくただ性欲を発散する機械を船に載せられないと。セクサロイドの処遇はさておき、その理屈は論争となった。生き物と性は大切だが、生産性だけが人間なのかという問題だ。

アポロンは私の日常生活の世話係だった。目的外使用だ。もともと、役目を終え、払い下げられた機械だったのだ。

使える部品だけ取り除かれて他はスクラップにして処分されるところを、偶然、私の家に来た。

玩具《おもちゃ》と同じように、求める者がいなくなったら彼は処分されるしかなくなる。

幼い頃からアポロンに世話をしてもらった身としては、私は、彼がこの星とともに滅んでしまうことを残念に思う。

私の世話役におさまった経緯と箱舟に乗船できなかった事情はまったく同じといえる。

選別は、ずいぶん前になされていたのだ。

「ツリーはどこに飾りますか?」

「今夜、流星群が見られるでしょう? 屋上で流星群を見るの。だから屋上に飾るか、それとも最後の晩餐《ばんさん》用に食堂に飾るか、迷っているの。どっちがいいと思う?」

「食堂に飾ったあと、屋上に運びますよ。いかがです?」

「そうしてちょうだい。食堂は奥よ」

アポロンは「承知しました」と言い、食堂を目指してツリーを担《かつ》ぎあげた。

昔、あんな風に担ぎあげられたことを私は思い出していた。縦横無尽に宙を飛ぶように遊んでもらった。

私がまだ何も知らなかった頃。

二

クリスマスツリーの飾りつけを終えた頃には、午後三時を過ぎていた。

あと十一時間。

「夕食はどうなさるんですか？　何かお作りしましょうか」

アポロンに訊ねられて、私は首を振った。

「ううん。いいわ。もう用意してあるの。だから大丈夫よ。最後の晩餐に何が食べたいかって、生きているうちに何度考えたかしれない。人類の永遠のテーマだったんじゃないかしら」

「そうですねえ。豪華な食事ではなく、郷土料理や、祖母や母の手料理を望む人が多いようです。子どもの頃に食べたもの」

「その意味では、アポロンに作り直してもらったほうがいいかしら。煮込みハンバーグなの。美味《おい》しくできたけれど」

「なら、作り直すのは勿体《もったい》ないでしょう。温めなおしをいたします」

「そうしてちょうだい」

アポロンがうちに来たのは、私が物心つく前の出来事らしい。母が教えてくれた。

アポロンはベビーシッターの役割を担《にな》っていた。私が小さい頃の画像や動画は、どれを見ても、アポロンが写っている。

母の心が弱いために、父が払い下げのアンドロイドをお手伝い用として調達してきたのだ。

一般的なシッターロボットではないので、料理が特別美味しいとか、掃除をさせれば塵《ちり》ひとつないとか、そういった得意分野はなかった。むしろ人間よりも下手《へた》なくらいだった。

だが私に優しかった。

父が帰宅しなくなって母がどんどん弱くなり、私が二十歳《はたち》で家を出るその瞬間まで、アポロンは私に優しく接してくれた。

私の家庭料理の記憶はアポロンが作ったものに間違いない。

「晩餐の準備はほとんどできているの」

食堂は完璧に調《ととの》っている。

暖炉《だんろ》には火を入れてあるし、赤ワインは常温にしてある。

グラスと銀食器を揃《そろ》え、ナフキンの折り目は几帳面《きちょうめん》なほどぴんとしている。

食卓には特別な日のための造花を飾り、白い皿を並べてある。あとは食べ物の用意をして、のせるだけだ。

昨晩のうちに用意をして煮込んであるので、食べる前にもう一度火を入れる。

今夜のためのパンは今朝焼いておいた。

いくつかのドライフルーツを木皿に盛りつけてある。

ここにクリスマスツリーがあればいいと思いついたのだ。

「夕食は午後六時ね」

「承知しました。これからどう過ごしますか？」

「そうね、どうしましょう。普段は本を読んでいるわ。パパが用意してくれた書庫があるの」

先に立って部屋を出るとアポロンがついてくる。

突き当たりが書斎でその隣が書庫となっている。

私が寂しがらないようにとたくさんの本をくれたが、結局半分も読み切れなかった。最近は新しい本を手にとる気力がなく、昔読んだ好きな本ばかりを繰り返し読んでいる。

書斎の窓の近くに置いた革張りのリクライニングソファは私の定位置で、ソファの脇のテーブルに読みかけの本と飲みかけのお茶、眼鏡と写真立てが置いてある。

「『星の王子さま』、『青い鳥』、『オズの魔法使い』……」

見れば、昔アポロンに読んでもらった本ばかりだ。私は心のどこかで、人生最後の日に、アポロンに会いたかった。

今朝、ふと名前を口にしたのだ。「アポロン」と。あれを呼んだといえるのか。

だが心は確かに彼を呼んだ。名前を呼んだら来ることは知らなかった。

知っていたらもっと早く呼んだのに。

「飲み物を入れなおしましょう。何にしますか」

「グリューヴァインにしてちょうだい」

グリューヴァインは、香辛料を入れた温かい葡萄《ぶどう》酒のことだ。

私が指定すると、アポロンは台所へ向かった。

きっと昔作ってくれた、甘いフルーツが入ったものを用意してくれるのだろう。蜂蜜《はちみつ》も入っているに違いない。

私はリクライニングソファで本を開いて時が過ぎるのを待つ。

死ぬのに相応《ふさわ》しい日だ。

佳《よ》い日だ。

アポロンと最後に別れて以来、いつかアポロンと再会したときにどんな顔をすればいいのか、何を言えばいいのかばかり考えていた。

だが会う機会はこれまで一切なく、ただ時間だけが過ぎた。

過ぎてしまえば、あの時どうしてあんなに拒絶反応が出たのかわからない。若すぎたのか。

私の母は、忙しい父をひとりで待つには弱すぎた。

泣き暮らし、薬に頼り、子が育てられなくなって父を頼り、父はアポロンを送り込み、母はアポロンを頼った。

そういった経緯を鑑《かんが》みれば、そしてアポロンの本来の用途をわかっていれば、母がアポロンと寝ていたことにも納得できる。

当時は早すぎたが、現在では遅すぎたほど、深く理解できる。

寂しい女の慰みになったアポロンにも罪はない。父だって母を許したのだ。

だが当時の私はどうしても許せなかった。だから母もアポロンも捨てて家を出たのだ。見知らぬ土地へ。

しばらくしてアポロンが書斎に入ってきた。片手の盆に、湯気の立つマグカップが乗っている。

「ここでいいですか」

と、脇のテーブルに置いてある飲みかけのお茶と交換した。

温かいマグカップを手に、味を確かめる。確かに昔飲んだままだった。

アポロンはテーブルの上の写真立てに目を止めた。

「この写真は……」

「それはパパと私よ。ねえ、火星までどのくらい？」

「そろそろ着く頃ですよ。交信はできませんが……。お母様はいつもお嬢さんを心配なさっていました」

「いいわ。私のことを覚えていてくれただけで、それだけで」

私はアポロンを隣のベンチに座らせて、しばらく本を読んだ。

人生最後の日に読む本は、『星の王子さま』にした。

他の星に行ってしまう少年を追うような気持ちで、母がこれから生きていく星を想像する。どんな場所なのか、どんな生活なのか。

幸せに暮らしていてくれたらいい。

笑顔でいてくれたらいい。

指示をしないとアポロンは省エネモードになって、硬直してしまう。ベンチに座って両足を投げ出し、少し前かがみになって瞼《まぶた》を閉じる。

睫毛《まつげ》の金色、その角度まで精巧に作られたロボットは、寝息を立てない。肺が上下したり、指先が震えたり、そういった人間的な要素はない。人間の皮を被っているだけで、止まってしまえばただのロボットに過ぎない。

私は昔、アポロンが好きだった。

だからどうしても、母とアポロンの関係を受け入れられなかった。誰よりも傍《そば》にいて、誰よりも彼を熟知していると思っていた。

だが私はずっと知らなかった。

彼の本来の用途も、彼の夜も。

母とアポロンが肉欲に溺《おぼ》れていたとは思わない。私が目撃したとき、母は泣いていた。泣きながら、アポロンに縋《すが》りついていた。その瞳がアポロンを映していたとは思わない。

母は父を愛していたから。

窓から差し込む冬の低く白々《しらじら》とした日差しが、アポロンの細かな睫毛に光を灯《とも》している。作られた翳《かげ》の形さえも美しい。

三

食事のあとにも読書をすることにし、そのままいつの間にか眠っていたらしい。

暗い窓辺は寒いが、アポロンが膝《ひざ》掛けをかけてくれていた。

時計を見ると夜の十時を過ぎている。

残りの数ページを読み終えて、テーブルの上に置く。

「そろそろ上に行きますか？　流星群が見られますよ」

アポロンが温めた毛布を用意して待っていた。

屋上にあがる私の肩に毛皮のコートをかける。これも温めてあった。

彼自身はぬくもりを持たないから、私のためにいつも何か温かいものを用意してくれる。

狭い屋上にあがると、積もっていたはずの雪は掃かれ、火鉢が置いてあり、先ほど食堂に飾ったクリスマスツリーが置いてある。

私が夜空を仰ぐためのソファが用意されていた。

底冷えしないように、石造りの床に屋外用の絨毯《じゅうたん》が敷いてある。丁寧に設《しつら》えられた、暖かい場所だった。

「グリューヴァインにしますか、それともホットミルクに?」

「ホットミルクにしてちょうだい」

と言うと、アポロンは去っていき、しばらくして湯気を立てたマグカップを持って現れた。私はマグカップを受け取る。

「ツリーのてっぺんの星、お嬢さんのために残してありますよ」

昔、クリスマスツリーの飾りつけの最後に、一番上に星のオーナメントをつけることは私の仕事だった。ベツレヘムの星だ。

「もう、子どもじゃないのよ」

と言いながらも、五芒星《ごぼうせい》を受け取って、アポロンに支えられながら飾る。一仕事を終え、ソファにかけて夜空を仰いだ。

「ママは」

「予定通りであれば、今頃、別の星を歩いていらっしゃる」

母はもう星に着いたらしい。

できればその場所で幸せに暮らしてほしい。これほど心穏やかに母の幸せを願うことができるのは、二度と会えないとわかっているからかもしれなかった。

流星群は、紺《こん》色の夜空に、銀色の針が散らばるように細く消える。すっと夜空を裂いては消える。知らぬ間についていた傷に似ている。

縦横無尽に、東から西へ、西から北へ、南から東へ。

「願い事はどうしますか」

アポロンは流れ星にまつわるロマンティックなことを訊ねた。

「愛していると言ってみて」

「愛しています」

アポロンは私の隣に座り、私の肩を抱いた。

彼には体温がない。人間ではないのだから当然だ。だが嘘は吐かない。命令に背かないだけだ。

その意味で、私の願いは叶わない。

「なんだか背徳的な感じですね……」

私は噴き出してしまった。

「何そわそわしているの。ロボットなのに」

「だって、お嬢さんはそういうのはお嫌いだと思っていましたから」

「そういうのって?」

「お嬢さんの旦那様を裏切るような行為です」

「そうね、嫌いよ。でも、もうパパは死んだの。自分が先に死んだら再婚してもいいと言っていたわ。結局、再婚はしなかったけれど」

「なぜ再婚なさらなかったんです」

「もう再婚も何もないでしょう。五年前に死んだのよ。八十歳だった。私ももう七十を過ぎているのだから、パパが残した家で生きていくだけでいいのよ。私は、もう」

二十歳で家を出て、学んだり、働いたりをしながら十歳年上の伴侶《はんりょ》と出会った。この家で暮らして、四十年以上になる。

今更、この場所を離れることはできない。

私は長い時を思い出して少し笑った。

「パパよりもママのほうが長生きだなんて驚きね」

「奥様は百歳近いですからね。例の生産性問題で置き去りにされる可能性もありましたし、それをクリアしても、今度は長距離航行に耐えられるか問題になりました。もしかしたら、辿《たど》り着けていないかもしれない」

だが次の星に無事に辿り着けているかどうか、確かめる術《すべ》はない。

アポロンは夜空を仰ぎ、祈るような瞳をしていた。

まるで心配でもしているかのようだ。

その瞳の色。

「心配？」

「ええ、もちろん」

私はアポロンが不思議だった。これらすべてがプログラムされているだなんて驚きだった。

まるで話をしているみたいに思えるのに、すべては私が出した問いに答えるだけなのだ。彼は自力で考えているのではないし、彼に意思はないし、ただのロボットでしかない。高度に学習した結果、会話として成り立っているだけだ。

決められている条件は、最大限に私に配慮すること。だができるだけ嘘を吐かないこと。私は嘘が嫌いだから。その条件下で私を育ててきた。

通信できる限り機械学習を済ませており、私に最適化されているはずだ。

星が降ってきたのかと思うようなタイミングで、どこかから雪の切片が降ってきた。空を仰いでも雲はないから、積もっていた雪が風に乗って舞っているのだろう。

火鉢の上で消えるように溶ける。

「本当はね、ひとりきりで死ぬのは心細いと思っていたの」

私はそう言って、アポロンにもたれかかった。

本当はひとりきりなのに不思議だった。

彼は人間の形をして、言葉を話すことができる。

ひとりではないと思える。

本当は、ひとりぼっちのままなのに。

「怖がりだから傍にいてあげて、手をつないであげないと眠れないの。とお母様が仰《おつしや》っていました」

「それっていつの話?」

記憶を辿るように、アポロンは目を閉じた。

メモリを追えば、0・1秒もかからずに正解に辿り着けるはずなのに、私のために躊躇《ためら》いを作ることとさえする。

「ずっと、ずっと前です。初めて会った頃……いいえ、その少し前。ついこの間も、言っていました。怖がりだから、殺してあげて、と」

そう、ひとりきりで死ぬのは怖かった。

だからもしアポロンによって死ぬのだったら、受け入れることができると思う。

流星の衝撃で潰されたり、飛ばされたり、焼かれたりするのはとても怖い。

だけれど、それまでの間に魂《たましい》が抜けてしまえば、もう怖くなくなる。

それも悪くなかった。

「死ぬのが怖いのなら、船に乗ればよかったのに」

アポロンは私の震える手を握りしめながら、複雑そうに微笑んだ。

温めるように愛《いと》おしむように皮膚《ひふ》を撫《な》でる。

この手が私だけのものであったならばと願うような時期は過ぎた。

今ではただ、人間に使い捨てられたアポロンがまだ人間に優しいことを憐《あわ》れむだけだ。

「生きるのも怖かったの。アポロンを置いていくのは嫌だった」

夫が死んだ。

他に家族はなかった。

セクサロイドは船に乗せないとわかったとき、それはすなわちアポロンが船に乗れないということだった。

私はこの星とともに滅びると決めたのだ。

初恋ごと眠るように死ぬことができたら悪くない。

最後の日に傍にいられるのなら、これ以上の思い出はない。

後悔してはいない。

ひとりきりで死ぬ夜よりも、ひとりきりで恋を振り切った日のほうがずっと怖かった。

初恋とともに死にたいという願いが叶うことは幸せだ。

ママ、私、アポロンが好きだったの。

物心ついたときからずっと。

だから私が最後にアポロンを選んだことで、ママに勝てたかしら。

「他に願い事はありますか」

「今まで秘密にしていたことがあれば教えて」

「秘密……」

曖昧《あいまい》な質問について、アポロンは考え込んでいた。

「呼ばれるのを待っていたことです。お嬢さんに」

アポロンは微笑んだ。

「名前を呼んでほしいと思っていました。ずっと。最後に会って以来、ずっと」


頭上では星が降り続けている。雨のように針のように、夜空を裂いている。できたばかりの傷痕《あと》のように。

私とアポロンの頭上に落ちてくるのは、どの流星だろうか。隕石はどんな大きさなのだろう。

苦しまないでいられたら、一番いいのだけれど。

もうすぐそのときが訪れる。アポロンは私の傍にいる。ともに生きることはできなかった初恋でも、ともに死ねるのなら上出来だ。

傷ついても、痛くても、辛くても、寒くても、悴んでも、冷たくても、それでも。

ひとりきりで死ぬことも、これが恋ならば仕方がない。

フェイクパーティー

幸福は満足せる人間に属す。

アリストテレス

F A K E P A R T Y

「男性二十番の方、女性十六番の方、成立です。前へどうぞ！」

司会者が手元のカードを読み上げるたびに拍手が起こる。私は自分の番号札が十六番であることを確かめ、席を立ち上がる。

少し離れたテーブルで二十番の男性も立ち上がり、目が合って照れ臭そうに微笑《ほほえ》んだ。私も微笑みを作って会釈した。

顔は普通。背は百七十五センチと書いてあった。立った感じもその程度。理想をいえばもう少し高いほうがいいけれど、まあ許容範囲。お手本みたいな白いポロシャツに紺《こん》色のスラックス。ＩＴ系ベンチャー勤めの三十五歳、年収七百万円。及第点。趣味はテニス。冬場はスキー、読書、映画鑑賞。

いつもこの瞬間は、これで不倫をやめられると思ってほっとする。現実はそう甘くないと知っているのに。

婚活パーティーは二十五回目だ。そのうちの半分はカップルとして成立できなかった。成立して連絡先を交換して二度目に会う約束ができたのはたったふたり。そのうち、三度目に会うことができたのがひとり。先は続かなかった。振り出しに戻る。振り出しに戻る。

振り出しに戻る。それでも何度も繰り返す。いつか来る終わりのために。

　いくら最近は婚活をしているなんて珍しくないといっても、やっぱり私は言いたくない。絶対に他人には言えない。百歩譲って不倫していることは開き直って言えたとしても、実は本当は誰か誰でもいいから別の人とでいいから結婚したいなんて、口が裂けても言いたくない。死んでも誰にも知られたくない。

　だからスタートラインに立ったともいえないこんな状況に、安堵《あんど》してしまったりするのだ。情けない。でも情けなくったっていい。他人にさえバレなければ。

　さあ、カップル成立だなんていくらでも起こり得るし、このあと食事でもして連絡を取り合うところまではまだしも、二、三回のやり取りで終わってしまうこともしばしばであるし、交際に至らないカップルなんて掃いて捨てるほどいるし、二度目に会える確率も低いし、とにかくこれからが本番だ。

　五十人近くが集まっている会場で、成立したカップルとして壇上に立つ瞬間は気持ちいい。それっぽいBGMも悪くなかった。前回のパーティーのBGMは、あろうことか結婚行進曲だった。しかもワーグナー。茶化されているようでやめてほしい。まだメンデルスゾーンのほうが紙一重で笑えるだけマシだ。

　テーブルの隙間《すきま》を縫《ぬ》って前に進み、視線を浴び、会場内を見回して、来てよかったと思える。

向こう側はみじめだ。選ばれなかったという居た堪《たま》れなさを私は熟知している。あの子も、あの女性も、俯《うつむ》いて前を見られないでいる気持ちでいっぱいに違いない。私は痛いほどわかる。大丈夫、別に、見下したりはしていない。むしろ仲間だと思って応援しているのよ。

ああ、来てよかった。もしこのパーティーがなかったら、来月末まで何の予定もなかったのだから。

マッチングアプリでは、体目的の男性に辟易《へきえき》していたし、結婚相談所では運が悪いのかどんなところに行っても変なおばさんが担当で、ちっとも私のことをわかってくれない。条件を見直したらどうかとか、理想が高すぎるとか、その性格の悪さを直すべきとか、余計なお世話だし失礼だ。

だから私は婚活パーティーばかりだ。誰にもとやかく言われない。言われたくない。

今回は、急に開催が決まったパーティーらしい。登録した覚えのない業者のダイレクトメールだったので訝《いぶか》しく思ったが、ホームページを見る限りは普通の業者だった。見たことがない会社名だったが、最近設立して何度か開催しているようで、アップしてあった写真はまともそうだったので、ホームページから申し込んだ。三日前のことだ。

結果としては大正解だった。パーティーは今まで参加したものと似たような感じだ。受付も不慣れではないし、パーティーの進行も同じ。ただ、どこよりも雰囲気がいい。男女ともに二十五人程度揃《そろ》っていてバランスが良い。開催場所の三ツ星ホテルも品が良い。年齢も、男性は三十代から四十代、女性は三十代前半限定で、私にとって都合がいい。

三十一歳の私は、女性三十代を集めるパーティーでは、年齢が低い層に入る。これが女性二十代から三十代のパーティーになると、年齢が高めの層に入る。二十代の女性と戦うことは避けなければならない。

見た目はそこそこ自信はあり、野暮ったい二十代とは比べるべくもないと思ってはいるが、婚活市場では年齢が重視される傾向にある。二十代がいるパーティーでは、二十代女性に人気が集中する。今まで、二十代が参加するパーティーでカップル成立になったことがない。悔しいが、年齢では勝ち目がない。ならば、同じ土俵《どひょう》で戦うこと自体をやめるべきだ。とても重要なことだ。

いくつかのカップルが成立したと発表されたあと、あぶれた人たちは解散となる。成立したカップルは残って、それぞれが連絡先を交換したり、このあと行くお茶や食事の話をする。

「宏美《ひろみ》さん、お時間いただけますか？　宜《よろ》しければお食事か、お茶でも」

彼は高木《たかぎ》といった。声の感じもいい。穏やかそうだし、へんに緊張してもいない。かといって女性に慣れているふうでもない。たくさんのプロフィールカードを見すぎて記憶が混同しがちなのだが、彼の筆跡だけはよく覚えている。字がとても上手だったのだ。字が上手な人は好ましい。

「はい、喜んで」

焦っていると思われることだけは避けなければならない。立ち位置を読まれたら、足元を見られる。意識的でも、無意識的でも、必死だなと思われたら負けなのだ。余裕を見せなければならない。遊び目的なら時間の無駄だと思わせる。お高い女と思われるくらいでちょうどいい。真剣な交際ができないのならば、こちらの時間の無駄だ。

「どこに行きますか？」

「二十四階はいかがです？」

この会場は二階で、二十四階にはスカイラウンジがある。ホテル周辺にはお茶や食事ができるカフェやレストランはたくさんあるが、ホテルのスカイラウンジは一等だ。街を一望できる眺望のよさ、食事の美味《おい》しさ、コーヒーの香りのよさ、ピアノとハープが置いてあり時間帯によって生演奏をする、その雰囲気、客層、そして値段。

私は少し困惑したような表情を作り、控えめにハイと答える。私の心情を察してか、高木は胸を張って微笑んだ。

「もちろんご馳走《ちそう》させていただくので、心配なさらないでください」

「そんな、悪いです」

「いえいえ、せっかくの機会ですから、ぜひ。実は私、ここのホテル初めてなんです。ずっと気になっていたので、一緒に行っていただけるとありがたいです」

悪くない。そう思った。むしろいい。いい感じの男だ。気を遣わせないように選んだ言葉、謙虚さ。それに、スカイラウンジでランチを摂《と》れるのなら、それだけで千円の参加費用も元が取れる。

二

クラス会は、郊外のレストランを貸し切りにして行われた。

高校三年生の同級生は、十二年経《た》って様変わりしていた。担任が挨拶《あいさつ》しているのを右から左に聞き流しながら、周囲を見回し、皆、所帯じみているなと思う。男性はハゲとデブが進行し、女性はもれなく疲れたママで、化粧で頑張って隠しているという感じだった。体型のたるみ、油断。

ああはなりたくない。私だったら、あんな風にはならないのに。この気持ちは、今は口にしてはいけない。宏美だったらならないだろうねと言われたら、むしろ許せない。

ノンアルコールカクテルは甘ったるく、食べられるのはサラダとローストビーフくらいだった。サンドイッチは美味しくないし、一口ケーキが並ぶデザートビュッフェも、それほど食欲をそそられない。

挨拶が終わって人の移動がある中、座ったまま黙ってカクテルを少しずつ飲んでいた私のもとに、亜由美《あゆみ》が近づいてきた。クラスでそれなりにつるんでいた子だ。卒業してからも何度か複数人で会った。とはいえ、頻繁《ひんぱん》に連絡を取り合うほどでもなかった子だ。

「久しぶり！　宏美は綺麗《きれい》なままだね」

「久しぶり。ありがと」

「まだ独身？」

　独身者にその訊《き》き方をしたら神経を逆撫《さかな》でると考えないのだろうか、と思ったが、確か彼女は高校卒業と同時にデキ婚したので、社会人経験がない。近くにママ友しかいないような環境では、多様な人生があることに思い至らないのは無理もない。

「まだ独身だよ」

「結婚しないの？」

　私と亜由美のやり取りが聞こえていたらしく、愛生《まなみ》が止めに入った。

「やめなよ亜由美。失礼だよ」

「愛生。いいよ、別に」

　私は微笑んだ。昔は、亜由美の無神経さに何度怒ったかしれない。だが今は許せないでもない。私の微笑を見て、ふたりは怪訝《けげん》そうに首を傾《かし》げた。

「実は、結婚が決まってるから」

この台詞《せりふ》を言うためにここに来たのだ、と思う。愛生は驚いたようで、びっくりした表情のまま「おめでとう」と言った。亜由美のほうは本当に何も考えていないのか、嬉《うれ》しそうに手を叩いて、「おめでとう！　よかったね！　ずっと心配してたんだ！」と言った。あんたに心配なんかされたくないという言葉は甘ったるいカクテルと一緒に飲み込んで、「ありがとう」と言った。

そう、この報告ができたらと思っていた。女子会でこれを言えたら最高だった。結婚が決まった直後の集まりがクラス会だったのは、報告の場としては規模も大きいし良いと思った。愛生とは割と連絡を取り合っていた。二十代は競うように恋愛話をした。愛生は去年結婚した。結婚式にも参列した。ご祝儀を回収しなければならない。

「お式はいつ？」

「まだ決まったばかりだから、具体的には。たぶん、来年のこの時期だけど」

本当にまだ何も決まっていない。高木からのプロポーズは、つい一昨日の出来事だったから。出会って三カ月。結婚を前提に交際してほしいと言われ、結婚に向けて準備することになっている。だからプロポーズといえよう。一年後に挙式、現実的だ。嘘《うそ》を吐いてなどいない。常識的な範囲で話を盛り上げているだけだ。結婚が決まった女なんて、これくらい浮かれているものだろう。自分が妙に冷静なのが不思議だ。私は浮かれてなどいない。ただ安堵している。安堵していることを、誰にも知られたくない。浮かれていると思われるほうがマシだ。

「どんな人？　仕事は？　どこで出会ったの？」

矢継ぎ早に質問を繰り出したのは愛生だった。彼女は他人の幸せの品定めをしなければ気がすまない性分なのだ。

「四つ年上の会社員。ＩＴ系かな。友達の紹介なの」

その頃になると、周囲に当時のクラスメイトが集まってきて、私の結婚を祝った。クラスでも可愛《かわい》いといわれた私の案外遅めになった結婚は、この日の話題のメインとなる。

「仕事仕事で忙しかったもんね」

「キャリアウーマンって感じで格好よかったのに」

「とうとうかー、おめでとう」

注目を浴びるのは気持ちいい。写真を見せてくれと言われたが、まだ撮ったことがないので見せられなかった。出会いが出会いだけに、本当に結婚するまでは、写真を送り合ったりはしたくなかった。関係が壊れてしまえば、何もかも無駄になってしまうし、振り返りたくない過去になる。

どんな会社に勤めているのか訊かれても、なんだか長ったらしい名前だったとしか答えようがない。

「そんなので大丈夫ー？」

と愛生が笑う。これには流石《さすが》にカチンときた。亜由美の無神経な発言は許せても、愛生の悪意には腹が立つ。

「式は呼ぶね。ご祝儀用意しておいてね」

私はにっこりと笑って答える。周りはひやひやしているかのような空気となり、なんとなく人がばらけていった。亜由美もいつの間にかデザートに夢中だ。愛生だけが私の向かいに立ったまま。

誰にも聞こえないように言った。

「清算したの？」

とうとう来た。絶対に訊《たず》ねられると思っていた。時間が止まったみたいに感じた。ハイスピードカメラのように周囲だけがゆっくり過ぎる。

不倫のことだ。愛生には、旅行先で男と腕を組んでいるところを目撃された――。そしてあれは誰なのかを訊かれ、不倫の一部始終を話すはめになったのだ。とはいえ、私も愛生が不倫している事実を知りながら、何も知らないような顔で式に出た。愛生とて、私の式で不倫を暴露したりしないだろう。

「余計なお世話」

お互い様だ。彼女は私の秘密を握っていると勘違いしているようだが、おそらくは私のほうがより、愛生の秘密を知っている。

愛生の不倫相手は、亜由美の夫だった。亜由美が結婚してすぐからの関係のはずだ。そして愛生は結婚したが、おそらく関係は継続しているだろう。ダブル不倫。これほどの秘密を握られておきながら、私よりも優位に立っていると考えるだなんて、勘違いもはなはだしい。

私の不倫相手は、会社の同僚だった。三歳年上の先輩で、私が入社した頃に大学のときからの彼女と結婚した。何の変哲《へんてつ》もない同僚だったが、会社帰りの電車が一緒になることがあり、そのうち、勢いに任せてそういう関係になった。石を投げたら当たるのではないかというくらい、どこにでもある話だ。

彼と私が怪しいという噂《うわさ》がどこから流れたのかは知らない。会うときは必ず私のマンションにし、外をふたりで歩いたことはたった一度きりだった。日帰り旅行の行き先で愛生にバッタリ会った以外、誰とも会っていない。だが、会社の誰かに見られていたのだろう。そうでなければ、怪しいなんて噂になるはずがない。

彼はいつも、妻とは結婚当初から破綻《はたん》していると言っていた。私のほうが好きだと言っていた。私も、二十七歳くらいまでは彼の言葉を真に受けることもあった。好きになったら負けだと思いながら、やはり好きだった。

今思えば、なんと馬鹿《ばか》で都合のいい女だったのだろう。食べ物の好みだって一生の一番なんて容易に決められないのに、人間の好みになぜ一番二番を容易に決定できるというのだろう。彼にとっては、ハンバーグを好きなのと、唐揚げを好きなのと、妻を愛しているのと、私を妻よりも好きだというのとは、大して変わらないし、差もないはずだ。美味しい部分を味わって、いいとこどりをしただけだ。カラクリに気づいたとき、私は彼ほどは器用ではなかったらしく、急激に冷めた。

彼が私を選ばないように、私は彼を選ばない。冷静な目で見てみれば、彼は選択肢《し》に入るに値《あたい》しない。同じ会社で働いているのだから彼の年収はわかる。ぞっとするほど低い。妻子から彼を奪おうとは思わない。

あえて捨てるほどのタイミングがなかっただけだ。だから付き合っていただけだ。そう思わなければやっていられなかった。

別れ話はしなかった。面倒臭かったからだ。これ以上あの男のために時間を空費したくないと思っていたので、高木といい流れになってきたときに着信拒否してそれきりだ。何年か前に彼が別の部署に異動になったのは運が良かった。会いたくない。会ってもろくな話にならないに決まっているし、面倒事はたくさんだ。時々会社で顔を見かけないでもないが、全部まるっきり無視している。

それくらいは許されるだろう。

三

天気の良い日だった。わざわざ平日に有休をとって来たかいがあった。

今日は高木との結婚に向けて、式場で開催されるカップル向けのブライダルフェアに来ている。あいにく高木はおらず、私ひとりだ。

駅から徒歩五分の式場はアクセスがいいし、外から見るよりも中は素敵だった。敷地内のチャペルはこぢんまりとしているが清潔で高級感と安心感があってよかったし、庭には色とりどりの薔薇《ばら》が咲いていた。春と秋ならば、ローズガーデンのウェディングも可能らしい。

「オマール海老《えび》がメインの海鮮プレートと、黒毛和牛とフォアグラがメインのお肉プレートとあり、どちらも試食していただけます」

と案内されて、私はひとりでどちらも食べた。高木の仕事の都合がつかないことが多いので、結婚式の準備は私ばかりになりそうだ。文句がないでもなかったが、好きにさせてくれるというので、飲み込むことにした。

オマール海老のローストも、黒毛和牛とフォアグラも、添えてある前菜もフランスのチーズも焼きたてのパンもどれも美味しい。高木に言われている予算は四百万円だ。二百万円くらいは回収できる予定で、残りは高木が支払う。

　多少オーバーしても大丈夫だと言っていた。頼もしい限りだ。私は貯金が二百万円程度だが、高木はそれなりにあるらしい。金額は照れ臭いからまだ教えないと言っていた。夫婦になるのだから隠し事はなしだと言ったが、もうちょっとあとでねとはぐらかされた。まあいい。多少はあるのだろう。

「いかがですか？　何か気になることがあったら、どんどんご質問なさってください。一生に一度のことですから」

　スタッフの笑顔が眩《まぶ》しい。だがフェアは初めてではないので、質問らしい質問もなかった。笑顔でかわす。気になることはパンフレットを見れば書いてあるし、あちこちを眺めていればだいたいわかる。細かいことを確認したら、あとは心の中で比較するだけだ。実は式場は別のところでほぼ確定しているのだが、最後にもう一カ所確認しておきたかった。

　料理は美味しくなければならない。両親でもない限り、誰が他人の式になんて喜んで参列するものか。もし他人の式を許せるとしたら、料理が美味しいことだけだ。花が綺麗とかドレスが見られて幸せだなんて思うはずがない。だから料理だけは妥協できない。

　式場をあとにして、駅までの道を歩く途中、ＳＮＳで高木にメッセージを送った。

『やっぱり、あの式場にするよ。料理は美味しいけど、オマール海老よりも伊勢《いせ》海老のほうが高価だし』

高木からはすぐに返信があった。

『そっか。箔《はく》が付くからそのほうがいいね』

『契約の話、進めておいてね』

契約者は高木になる。だから式場には、高木に連絡してもらわなければならない。

『了解』

という返信を確認して、私はスマートフォンを鞄《かばん》に仕舞いこむ。すべきことは目白押しだ。立ち止まっている場合ではない。進みだしたら案外早いものだと昔誰かに言われた言葉を思い出した。当時は理解できなかったが、今では実感している。

進み始めたら早いものだ。トントン拍子だ。足踏みばかりをして時間を無駄にしていた頃が懐かしい。戻りたくないし、思い出したくもないけれど、ただ懐かしい。

四

——遅いな。

私は腕時計を確認した。

午後七時過ぎだ。予約は少し遅めの八時だ。レストランは満席だった。フロア内は暗く、テーブル同士は離れていて、客の談笑は控えめで、落ち着いている。

高木はだいたい五分前には待ち合わせ場所に来る。だが今夜はすでに約束の時刻を三分も過ぎていた。高木からプレゼントされた時計――先日買ってもらったばかりなので、ずれているとは考えづらい。

念のため、スマートフォンを確認するが、時計と同じ時間を表示している。きっと仕事が遅れているのだろう。食事の開始時間まではまだある。少し待とう。

今夜は初めて高木の両親と会う。ふたりで一緒に実家に行くと言ったのだが、なんだかんだ後回しにされ続けた。そこで業《ごう》を煮やして怒った。高木は言い訳のように、両親に反対されていると明かした。高木を詰めて、両親を連れてこさせることにした――。

とっておきのフレンチレストランを用意した。彼の両親が住んでいるような田舎にはないであろう、洗練された雰囲気の店だ。ドレスコードがあり、仕事が終わったあとの準備は慌《あわ》ただしかった。清楚《せいそ》な青のワンピースにした。化粧も直した。さあ、私に文句があるというのなら、真っ向から言ってみなさいよ。

両親が到着するまでに高木と会って、式の準備の進行について確認するつもりだった。結婚式場との打ち合わせを進めなければならない。それに、少し苦言を呈《てい》さなければならないと思っている。

高木ときたら、式場に前金の支払いをしなければならなかったり、他にも入り用があるというのに、会社の財形貯蓄に貯金のすべてを入れており、すぐに引き出せる状態ではなかったというのだ。手元にあるのは、本当に生活するだけのお金で、合計二十万円ほどしか持っていないという。

財形貯蓄は、会社に相談して、おろす手続きをしなければならないし、手続きには時間がかかり、お金が手元に入ってくるのは二カ月後だそうだ。

まったく、今後はこういった不手際はないようにしてもらいたい。

式場のお金は私が一旦出すことにした。先日、仕事の昼休みに会って、これから契約に行くという高木に二百万円を渡した。預金が一気になくなってしまい、なんとなく心許《もと》なかった。総務で手続きしてもらっていると言っていたので、二カ月以内には振込があるだろう……。

仕事に疲れた足に細いヒールは負担だった。仕事は、結婚と同時に辞めることになっている。夢にまで見た寿《ことぶき》退社。退職届は提出済みだ。しかし先が長い。早く辞めてしまいたい。

テーブルは窓際にしてもらった。全面ガラス張りで重厚なカーテンが引いてある。隙間から外の景色が見える。雨が降っている。

先ほど最寄り駅に到着したとき、雨が降りそうな天気だと思った。湿度の高い風が吹いて、ぽつりと雨粒が当たった。人が行き交う駅前の広場では、雑踏が歩みを速めていた。傘は持っていないので、早足で歩いた。高木や両親は大丈夫だろうか。

スマートフォンでアプリを開く。

いつの間にか十分も過ぎている。残業か。高木の仕事は忙しいが、時間を過ぎることはこれまでなかった。約束を守らないようになると不愉快だ。今のうちに芽を摘んでおかなければ、悪い習慣になりかねない。とはいえ、あまりがみがみ言うものでもない。塩梅《あんばい》が難しい。

アプリの読み込みにエラーがあるのか、高木の連絡先が出てこない。これだろうか。ユーザーがいません』……トーク履歴を見ると、高木とのやり取りが残っていた。『ユーザーがいません……どういうことだろう。何かあったのだろうか。

こんなことは初めてだ。何かトラブルがあったか、エラーが出ているのだろうと思う。とにかく、彼が来たら済むことだ。

だが、いつまで経っても現れなかった。

雨は本降りになってきた。

店内のテーブルの客は入れ替わり始めた。私はひとりきり。最古参だ。だがまだ焦る時間ではない。店員に勧められてシェリー酒を頼んだが、口をつけるだけにする。

七時半を過ぎ、四十五分を過ぎ、ついに八時になった。

高木のみならず、両親も来ないまま、八時半を過ぎた。料理が始められないので空腹だ。

途中までは怒っていて、途中からは心配になってきた。事故にでもあったのだろうか。

両親まで来ないなんておかしい。だがアプリを何度開いてみても、『ユーザーがいません』。

SNSで連絡を取り合うことに不自由を感じたことがないので、電話番号を知らない。聞いておくべきだった。

高木の勤め先の会社名はなんといったか……覚えていなかった。なんだか長ったらしい、記憶しづらいIT系っぽい名前だった。なんとかファクチャリングとか、インフォメーションとかテクノロジーとか……。

だめだ、思い出せそうにない。上場準備中のベンチャー企業だと言っていた。東証一部上場ではなく、マザーズだと言っていたか。よくわからないのだが、新興企業が上場するときはそこだと言っていた。上場にも種類があるのだと初めて知ったが、あまり興味が湧く話ではなかったので、聞き流していた。とにかく会社名は覚えていない。だから会社に直接連絡できない。

共通の友達もいない。当然だ。もともと婚活パーティーで会ったのだから。その後、友達に紹介されることもなかった。あまり友達が多いほうじゃないんだ、と言っていた。私も同じようなものなので、別段気に留めなかった。結婚するときになったら、親友に紹介するよと言われていた。おそらく私は誰も紹介しないだろうが。

そうだ、婚活パーティーの主催会社。あそこなら、高木の連絡先を持っているかもしれない。そう思って、以前送られてきたメールを探す。メールはすぐに見つかったが、貼られているリンク先のアドレスを開いても、『404 not found』になっていた。『ユーザーがいません』といい、いったい何が起きているんだ。

高木の住所は、住んでいる駅は知っている。が、行ったことはない。具体的な住所やマンション名も知らない。八階建ての1Kだと言っていた。だがあのエリアの八階建てのマンションの1Kなんて腐るほどある。

高木の両親は迷っているのか。それとも来なかったのか。いずれにせよ、私のせいではない。レストランの予約は私が行った。高木には住所も地図も最寄り駅も伝えた。辿《たど》り着けずに迷ったとしても、私に落ち度はない。

来なかったことが息子の結婚に対する親としての意思表示だというのならば受けて立つ。反対ならば直接言えばいいのに、やり方が陰湿だ。そのような人間に負けるとは思わない。

予約時間の八時を過ぎて、九時前になった。これ以上待っても、ただ喧嘩《けんか》になるだけだ。長時間待っていて気が立っているし、もう帰ろう……。

ふっとフロア内の照明がさらに暗くなった。立ち上がろうとした私は、雰囲気を察し、椅子《いす》に掛けなおした。何かサプライズがあるらしく、厨房《ちゅうぼう》のほうからシェフが出てくる。こちらのほうに向かって歩いてくる。スタッフだけでなく、客も手拍子をして歌い始める。

「ハッピバースデイトゥーユー」

ケーキだ。バースデイケーキにはろうそくが三本灯《とも》り、火が揺れる。小さく可愛らしいケーキを手にしたシェフは、私の隣のカップルのテーブルにケーキを置いた。歌は終わり、フロア中に響き渡る拍手になる。

感動した女性のなんと嬉しそうな笑顔。連れの男は立ち上がり、小さな箱を手に、彼女に跪《ひざまず》いた。

「誕生日おめでとう。僕と結婚してください」

五

駅に向かう途中、交番に目を止めた。警官が立っている背後に、指名手配犯の顔写真がいくつも載っている。いつもスルーしているものだ。重要指名手配犯――殺人、強盗殺人、強盗致傷、詐欺《さぎ》殺人。報奨金三百万円……。

そういえば――二百万円。先日渡したお金は、ちゃんと式場に渡ったのだろうか。心配になってきた。だが式場の営業時間は過ぎている。それでも電話をかけてみる。残念ながら、営業時間外のアナウンスが流れるだけだった。

自宅のアパートに到着して、ポストを開ける。疲れていたけれど習慣になっている。チラシはその場のゴミ箱に捨て、封書だけを持って部屋に入る。

　不気味な茶封筒がひとつあった。何か硬い小さいものが入っている。金属質なものだ。表書きには宛先のシールが貼られているのに、消印がない。ということは、直接投函《とうかん》されたものだ。裏返して差出人を確認しようとしたのに、差出人の記載がなかった。誰だろう……。嫌な気持ちだ。

　冷えた体で部屋のソファに掛けて、封書を開ける。新聞を切り抜いたような怪文書だった。私に宛《あ》てられていた。他に、小さな鍵が入っていた。四桁《けた》の番号が書かれたキーホルダーがついている。『0016』……十六番。高木とのカップリングが成立した数字であることが、ことさら意識的なようで、不愉快だった。

『あなたを心から憎んでいる者です。絶対に許せないと思い、あなたが絶対に許せないであろう仕込みをいくつか用意しました。同封の鍵は駅西のコインロッカーです。お金はそこに入っているかもしれません。さようなら』

　誰かの憎しみにくわえ、悲しみが押し寄せてくる。

　そのとき、電話が鳴った。画面を見ると、知らない番号だった。念のため、出てみる。

『ああ、よかった。繋《つな》がった』

　高木だった。高木の電話番号……。

　私は高木に自分の電話番号を教えたことがあるだろうか。いや、なかった。どうして知っているというのだ。納得がいかなかった。

『今日は本当にごめん。待たせてしまって……。実はレストランに行く途中で、交通事故を起こしてしまったんだ。携帯が壊れて、連絡がとれなくてごめん。実は今、被害者の人と話し合っているんだけど、示談金を渡さないといけないんだ……』

途中から高木の言っていることを理解したくなくなって、私は返事もせずに携帯電話を放り出した。まだ何か言っていた。返事がないことを訝《いぶか》しんでいるようだ。

ソファに座り、ヒールで痛んだかかとを手のひらで撫でて労《いたわ》りながら、私の生き方は間違っていないと誰かに訴えたかった。だが聞いてくれる人なんか誰もいない。私を心から憎んでいる人間ならば思い当たる人は数人いる。私に心から同情してくれるような人はいない。そうわかっていた。

シーズナル・マーダー
秋の章

自分の本質だけは忘れることはできない。
ショーペンハウアー

SEASONAL MURDER　AUTUMN CHAPTER

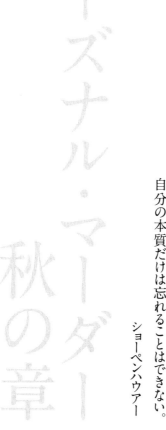

十月に生まれたから「千秋《ちあき》」ですって。安直です。

でも、この名前、気に入っているんです。

昔は季節が四つしかなかったのに、今では六つに増えました。夏と冬はとても極端な一瞬が生じて、春の訪れは嬉《うれ》しいものだけれど、秋という季節が一雨一度《ひとあめいちど》で深まっていくさなかに、色づいていく景色の切なさもまた何物にも代え難い、千年の秋という理由を、パパが一所懸命説明してくれたからだと思います。

わたしの名前というテーマの作文を書くとき、わたしは本当は、「嫌だなあ」と感じていたんです。

だって、当時はまだ、生まれた季節であるという由来以外は知らなくて、クラスメイトの男の子には、「十月生まれだからだろ」と言われてしまって、まさしくそのとおりだと思っていました。

先生によれば、作文は四百字詰め原稿用紙三枚も書かないといけないのに、つまり千二百もの文字でマスを埋めなければならないのに、「十月生まれだからです。」しか書く内容がありません。句点を入れても十一文字にしかなりません。

だけれど、わたしの名づけに込めた気持ちをパパに聞いたあとは、世界が一変してしまいました。

たとえば、夏の盛りを終えた夕刻の涼しさ、色を変えた空と雲、台風の激しさ、過ぎたあとの強い風の流れ、天気が落ち着き始めたら少し肌寒くなり、雨が降るたびに気温が一度ずつ下がっていく。

耳をすませて音を感じ、呼吸をして肺を満たし、皮膚《ひふ》に触れ、瞳に映し、様々な要素を深く感じ取るための季節を、千年繰り返す……。それって素敵ではありませんか。

だからわたし、わたしを好きでいられました。

街路樹は色づき、石畳には木の葉が舞い、茶色、黄色、赤。空のあわい。

空気は日ごとに清澄《せいちょう》で、物事が鮮明に映る、眠りの冬を待つまでの、まどろみのようなやさしい季節に、わたしの誕生日がある。

わたしの大好きな季節です。

＊

「ちいちゃん、勉強はどうだい」

ある夕食の席で、パパが言いました。わたしは、「うん、大丈夫」と答えようとしましたが、ママがすかさず、

「模試C判定なのよ」

と答えてしまいました。パパの瞳が一瞬曇《くも》りました。が、すぐにパパは目尻を下げまし

た。

「まあまあ。ちいちゃんは頑張り屋さんだから、きっと大丈夫だよ」

ママがパパに冷たい視線を寄越し、そしてわたしを一瞥《いちべつ》します。わたしは目をそらし、言い訳のように早口で、

「弱点はわかってるの。これからその範囲を重点的に勉強するつもりなの」

と言いました。

パパを見ながら、ママに答えたのです。パパはうんうん頷《うなず》いて、ちいちゃんなら大丈夫ともう一度言いました。

「合格したら、どこでも好きな場所に旅行に連れていってあげるからね」

パパが推《お》した中高一貫の女子校を第一志望にすると決めたとき、パパはそう約束してくれました。昔憧《あこが》れた月旅行は無理だけれど、地球の裏側でも連れていってくれると言ったから、海外でもOKということです。どこへ行こうか、今から楽しみです。

「その前に、勉強ね」

ママがしっかり釘を刺してきました。ママはそもそもわたしの中学受験には反対していました。しかし、わたしの親友が受験すること、パパが賛成して後押ししてくれたことで、わたしは塾通いを始め、本格的に受験モードです。

できれば女子校というのは、パパの希望です。

というのも、共学では不安だそうです。女の子には、できるだけ心配がない環境で育ってほしいというのがパパの本音で、そんなパパに対して、ママは、「これだから男って」と呆《あき》れています。

でも、わたしはパパ以外の男の人はあまり好きではなくて、兄がいるけれど年が離れている上、すでに家を出ており、日常生活において関わりもないことから、男の人がいない環境のほうが楽だろうなと思います。クラスメイトの男の子たちはうるさいし、たまに兄が帰ってくると、少し疲れてしまいます。

兄はふたりいて、長兄は、怖いです。おしゃべりなのに、本心を言わないタイプで、ごくたまにぽろりと本音をこぼすことがあります。わずかな発露が、妙に怖いというか、価値観が合いません。底知れぬものを感じさせます。

次兄は、物静かで、何かを悟ったかのような瞳をしています。理系で専門分野を学んでおり、何を考えているのか想像はつきませんが、あまり悪いことを考えているようには感じないため、怖くはありません。深い森の中にある、静かな湖のような兄です。

ママは、ふたりの兄を溺愛《できあい》しています。娘よりも息子のほうが可愛《かわい》いのでしょう。わたしには厳しいですが、特に長兄に対しては激甘で、風邪を引いたと聞けば、飛行機の距離なのに驚くほど大量の荷物を抱えてすぐさま看病に行くほどです。

代わりといってはなんですが、パパはわたしを可愛がってくれます。

近頃、わたしの周りでは、両親が嫌いとか、父親が気持ち悪いといった感想を耳にします。いわゆる思春期という時期に差し掛かっているのだと、みんな理屈は承知しているのですが、本能には抗《あらが》えないようで、やはり口を揃《そろ》えて言っています。

わたしは精神的に幼いのでしょうか。わたしにはまだ、訪れていません。いつかわたしもそんな感情を抱くのでしょうか。少し不安に思います。

まるでオセロをひっくり返すみたいに、ある日突然、または、気づかぬうちに徐々に、そして一気に、これまでずっと白いと思っていた盤面が、黒一色に変わってしまうなんて、人間の脳とは恐ろしいものです。

夕食が終わり、リビングでくつろいでいたところ、お皿を予洗いしていたママが言いました。

「お風呂沸いてるわよ。そろそろ入ってきたら?」

パパは時計を見ながら言いました。

「もう八時か。一緒に入ろうか」

「はあい」

わたしはパパとソファから立ち上がります。ママは眉をひそめました。

「そろそろ別々に入ったら?　もう六年生なのに」

「いいじゃないか。ねえ、ちいちゃん」

「うん。行こ、パパ」

とはいえ、まだパパと一緒にお風呂に入っているなんて、クラスメイトには絶対に言えません。

＊

日に日に色が変わり、あるものは濃く、あるものは薄くなっていく季節。

誕生日が過ぎた頃、わたしはあるとき、体調が悪いので塾を早退して、夕方の道を歩いていました。帰り道に、駅でパパを見かけました。一瞬ほっとして、声を掛けようとしました。ですが、声を掛けられませんでした。

というのは、パパはわたしに気づかず、誰かと待ち合わせている様子だったんです。ちょうどその誰かが現れて、腕を組んで歩いていったんです。

見たことのない女性でした。わたしが志望している女子校の、高校の制服を着ていました。

パパは先生ではないのですが、教育関係の仕事をしているため、中学生や高校生と顔を合わせることがあります。しかし、腕を組むようなことは、信じがたいです。よほど親しいのでしょう。親戚の子でしょうか。しかし、親族の集まりで、あの子を見かけたことはありません。

　わたしはどんどん体調が悪くなってきましたが、頭の中は冷静で、たくさんの可能性を考えてました。

　中でも有力なのは、パパは実は再婚で、わたし以外に娘がいるという説です。これなら、納得がいきます。なぜなら、わたしもパパと腕を組むことがあるからです。

　しかし、わたしには年の離れた兄がふたりいて、ふたりとも大学生です。長兄が生まれたとき、パパは二十五歳でした。

　高校生の娘がいるのだとすれば、長兄次兄が生まれて、わたしが生まれるまでの間の子どもということになります。ならば、再婚ではなく、パパには愛人がいて、その愛人が産んだ子どもということになってしまいます……。

　たとえば、兄ふたりがママの連れ子という説はどうでしょう。それならばあらゆる点で納得できます。

　なぜなら、ママは兄たちをとても可愛がっているし、パパは兄ふたりについてはママほどではありません。パパはわたしを猫可愛がりしています。

　しかし、パパとママの結婚式の写真を見たことがありますし、長兄や次兄が赤ちゃんだった頃の写真には、パパが写っています。いかにも父親然として。

　どのようにパズルのピースをあてはめていけば、わたしが望む絵が見られるのでしょうか。わたしは必死で、様々な可能性を模索し、少しずつ点と点を繋《つな》げながら、帰路をよたよたと歩いていました。

＊

体調が悪いことと帰宅したことをママに連絡したところ、ママは出先から帰ってきてくれるようです。しかし、次のバスの時間まで長いため、少し遅くなるという返答がありました。

いつもは誰かがいるはずの自宅に誰もいないのは、普段なら寂しいことですが、今日ばかりは妙に落ち着きました。パパには連絡できませんでした。心が乱れて、文字を打つ手が震えてしまって、やめることにしました。

『頭が痛いの。薬どこ？』

ママにメッセージを送信しましたが、携帯電話を見ていないらしく、返答がありません。薬箱の場所は知っています。しかし箱を開けて探しても、鎮痛剤が見当たりません。常備しているはずなのに……。

わたしは外出着のまま、それぞれの自室のある二階にあがり、ママの寝室に入室しました。ママは頭痛持ちなので、ママの部屋に薬があると考えたのです。

タンス、クローゼット、化粧台、ベッド、余分なもののない大人びた女性の部屋です。

わたしはベッドのサイドテーブルの上にミネラルウォーターとコップが置いてあるのを見つけて、テーブルの引き出しを開けました。

しかし、引き出しには、紙製のファイルがあるのみです。ファイルを取り出して引き出しの底を見ても、薬はありません。近くにあるはずなのに、と思いながら手当たり次第探します。ファイルの中に挟まってやしないかと、ファイルを開きました。

何のタイトルもついていないファイルには、分厚い紙束が綴《と》じられていました。

『調査報告書』

ベッドのサイドテーブルに入っているには、不思議な見出しです。

わたしは表紙を開けました。

『第一対象者……』

パパの名前が書いてあります。

『第二対象者……』

知らない女性の名前が書いてあります。

見てはいけない、そう気づいているのに、確認せずにはいられません。

パパとママが寝室を分けたのは、次兄が大学に入学して、下宿生活を始めた頃。次兄の部屋が、ママの部屋になりました。不意に、わたしはそのことを思い出しました。

調査報告書の次のページには、写真がいくつか印刷されていました。見慣れたスーツ姿のパパが会社から出てくるシーンです。

『十七時三十分。第一対象者、●●駅西口の▲▲前にて立ち止まる』

パパの横顔が、いつか自慢していた高価な時計を覗《のぞ》き込み、現在時刻を確認しています。

『十七時三十五分、第二対象者が合流』

あの女の子！

先ほどパパと腕を組んでいた、制服姿の女の子です。今日は高校の制服でしたが、写真では、中学の制服を着ています。襟《えり》が少し特殊な形をしたセーラー服で、落ち着いたダークグレーのチェック柄です。ネクタイが可愛いんです。

『十七時五十五分、第一対象者、第二対象者が分かれる』

『第一対象者のみ、路地に侵入』

『十七時五十八分、ホテル●●の裏口、第一対象者が入館。同時刻、ホテル●●の表口から第二対象者が入館』

遠くからふたりが分かれるシーン、手を振り合っているシーン、さらに、それぞれが同じ建物の表と裏から別々に入っていくシーンが写っています。あまりに臨場的で、くらくらします。ああ、そうだ、鎮痛剤を探していたんです……。

『十八時零《れい》分。第一対象者、第二対象者と合流。受付』

どこから撮影したというのでしょう。建物内部の監視カメラのような位置から、ふたりの顔がくっきりと写っています。受付カウンターは、顔が見えない作りになっていて、手だけがにゅっと伸びて鍵を受け渡ししている様子です。

『十八時五分、三〇五号室に入室』

わたしはいったい、何を見ているのでしょう。ソファに座っているふたりは、パパと、あの女の子に違いありません。まるでテレビの中から、ふたりを眺めているようです。

ふたり掛けの革張りのソファ、背後にキングサイズのベッド、カーブを描いた壁、奥にガラス張りの浴室。間接照明。サイコロみたいな冷蔵庫……。頭が痛い。

『十八時七分、第一対象者、ベルト、ネクタイを外す。背広、ワイシャツ、肌着、靴下を脱ぐ』

頭が……。

『十八時八分、前戯《ぜんぎ》を開始』

頭が痛い……。

『十八時三十分、ベッドへ移動。第一対象者、スラックス、下着を脱ぐ』

頭が痛い……！

『十八時三十二分、性行為開始』

誰か助けて！

＊

「パパには内緒よ」

わたしは振り返りました。

頭痛があまりにひどいせいでしょう。ママが玄関のドアを開ける音が聞こえなかったんです。

ママは寝室のドアに立ち尽くし、わたしは、殴打《おうだ》されたかのような衝撃を受け、ベッドサイドに呆然《ぼうぜん》と立ち尽くしていました。

ママの表情は見えませんでした。ママの手には、タクシーの領収証が握られていました。次のバスの時刻まで待たずに、タクシーに乗車して、急いで帰ってきてくれたようです。

涙は出ません。しかし、全身に鳥肌が立っていました。粟《あわ》立つのを自覚できるほどでした。

写真の女の子は、まだ中学生です。現在も、高校生です。今のわたしと、ほとんど変わらない年齢です。

わたしだって、性的な話題に興味がないわけではありません。クラスメイトの男の子を好きになったり、男子同士が猥談《わいだん》をしていることも知っています。女子同士で秘密の話をするときも、除《の》け者になっているのではなく、ドキドキしながら、当事者として参加しています。

六年生にもなって、何も知らないわけではありません。進んでいる子なら、もう経験しているそうです。わたしの周りには、そういった子はいませんが。

でも、男女の関係の生々しさは、やはりまだ、全容を知っているとは言い難いものです。もっとずっと先のいつか訪れるものだとばかり、認識していました。わたしには心の準備が整っておらず、つまりまだ早いのです。なのに、こんな形で否応《いやおう》なく、現実を突きつけられるなんて。

パパとママの関係は、やっぱり想像したくはありません。しかしそれ以上に、パパがママ以外の女性とこのような行為をしていること、相手の女性がわたしとさほど変わらない年齢であることなど、夢なら醒《さ》めてほしいほどの悪夢です。

皮膚がざわざわして、かきむしりたくなります。男性への警戒を超えた、おぞましさ、不潔さ、戸惑い。

パパの心の中で、血を分けた肉体と、彼女の未熟な肉体は、どのように違うというのでしょうか。彼女がパパを受け入れるとき、怖くなかったのでしょうか。

理解できません。なのに、急速に、世界のすべてを知ってしまったような、大きな混乱の嵐のさなかに、すっと冷めてしまったような、心持ちです。どうしたらいいのでしょうか。震えが止まりません。

記憶のすべてを消してしまいたい……。汚い。パパが彼女を見つめる視線、触れる手、強引な腕、何もかも、消してしまいたい。頭が痛い……。記憶がなくなってしまえばいいのに。

「殺しなさい」

「え？」

心臓が音を立てました。ママの言葉がうまく聞き取れなかったのか、それとも心が拒絶したのでしょうか。

殺す……。いったいどうやって？

パパを……、あの女の子を？

ママは言いました。

「心を殺すの。気持ちを押し殺すの。今ある感情は、すべて心の中のひとつの部屋に押し込んでしまって、ドアを閉めてしまうの」

ママは寝室に入って、ドアを閉めました。

なぜ、わたしは何も悪いことをしていないのに、わたしがわたしの心を殺さなければならないのでしょう。殺されて然《しか》るべきなのは、パパであり、あの女の子のはずです。

何もかもに、説明を尽くしてもらいたいほど、それでも到底許せないほどの混乱に翻弄《ほんろう》されているのに、さらに、わたし自身がわたしを押し殺し、閉じ込めなければならないなんて、そんな理不尽な話はありません。

夕方の部屋に、遮光《しゃこう》カーテンの隙間《すきま》から、西日が差しています。光が作った線の場所だけが明るい、強い光と濃い影の部屋です。

ママが立ち尽くしています。ママの気持ちを考えると、胸が詰まりました。この調査報告書を見たとき、きっとわたし以上に、ショックだったはずです。わたしでは想像もつかないほど。

しかし、わたしもまた、ママ以上にショックでした。ママが想像もつかないほど。

わたしたちは立場が違います。

「ママは、ママはそうやって、気持ちを押し殺したの？」

「そうよ」

わたしの声は震えていました。

「パパと、別れたら、いいじゃない」

わたしはパパが許せそうにありません。パパの行為は、テレビで観るような、普通の浮気ではないのです。もっと背徳的なものです。

いいえ、もはや許す許さないの次元ではありません。これまで培《つちか》ったわたしとパパの大切な思い出、幸福な日常生活の記憶は塗り替えられ、白はすべて黒になりました。この世にあるすべての黒よりも濃い黒でしょう。気持ち悪いという言葉では片づけられない、一生かけて後悔するほどの黒です。

ママは小さく息を吐きました。

「上はふたりとも私立の四大、千秋は中学受験。子どもの教育費は？　今の生活は、どうなるの？」

「わたしたちのせいで別れられないってこと？」

わたしは、ママの発言に、信じられないほど冷たい声で質問しました。わたしの中で音を立てて壊れたものが、いびつな別の感情に作り変わっているような気がしました。自分が何を言い出すのか、何をするのか、自分自身が不安になってくるほど、心が冷え冷えとしています。

ママの表情は、暗がりに沈んでいてわかりません。

「いいえ。子どものせいじゃない。親のせいよ。パパとママのせい。ママが千秋を連れて出ていっても、ふたりで貧乏するしかない。かといって、千秋を置いていったら、千秋の生活がぐちゃぐちゃになっちゃう。ごはんも、お風呂も、パパは何もできない。それに……」

確かに、パパは生活力がなく、何もできません。お風呂の支度も食事の支度も、すべてはママがしています。

ママは目を落とし、その視線の先には、わたしが持つファイルがありました。ママが躊躇《ためら》った言葉の先は、想像したくありません。

「ママはお金が稼げない。千秋は何も悪くない。パパとママの罪、情けなさのせい。見なかったことにはできないでしょう。ママの情けなさを許してとも言えない」

ママは光の線の上に立ちました。眩《まぶ》しくて、暗い場所にいても、明るい場所にいても、ママの表情は見えませんでした。

わたしは、ママのことを完璧なママだと思っていました。あまり可愛がってもくれないし、優しくもなくて厳しいし、いつも怒っているし、なのに兄には甘くて、なんとなく不公平だけど、やはり完全無欠だと思っていました。

時々乗るタクシーの領収証を、わたしはぼんやりと見つめました。ママが、普段はタクシーに乗りたがらないことを知っています。料金が高いから、少しの距離ならバスや徒歩なんです。ママは、兄が風邪を引けば、文字通り飛んでいきます。たくさんの荷物を抱えて、重さなんて感じていないかのように慌《あわ》てて行きます。ママは……。

「だから時間をちょうだい。考えるのをずっと先にしてちょうだい、しばらくの間」

ママの口調は淡々としていました。その願いが叶うのかどうかはわたしの頭の構造次第で、可否は判断がつかないものの、わたしはとりあえず頷いていました。

いずれにせよ、わたしもまたママと同じように、パパを糾弾《きゅうだん》することも、家を飛び出すことも、何も、何ひとつできません。自分の力では何ひとつできないことを、わたしは今まで知りませんでした。でも、今知りました。わたしは目を瞑《つむ》り、問題ごとを先延ばしにし、時間を稼ぐことしかできません。

しかし、いつかわたしはパパを糾弾するでしょう。説明を求めるでしょう。パパはどのような返答をするのでしょうか。パパはどういった弁明をするのでしょうか。真摯《しんし》に謝罪するでしょうか。それとも見苦しく言い訳を連ねるのでしょうか。

そのとき、わたしはパパの罪に、どのような罰を与えるのでしょうか。

長い時間を越えたあと、何かが起こるでしょう。Xデーに至る長い時が、この瞬間から、一秒ごと、近づいていきます。足元に揺れる日差しの色を見れば、わたしの大好きな季節。パパがくれた、宝石のような名前。

今、ひとつの季節が終わりを告げようとしています。

蒔《ま》かれた種は、一旦、眠りの季節を迎えます。しかし、雪解けを迎え、慈雨を浴び、太陽光に照らされ、嵐に耐え、草木が芽吹くように。

閉じ込めて眠らせる殺意は、季節の訪れとともにふたたび目覚めるのでしょう。

オーダーメード

人生は地獄よりも地獄的である。
芥川龍之介

O R D E R M A D E

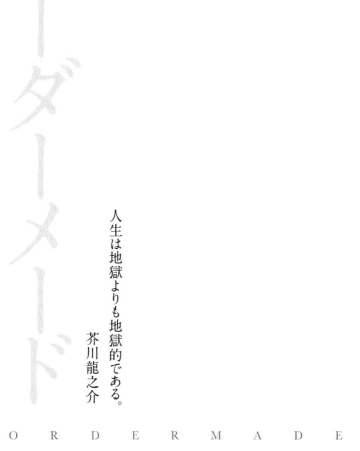

一

真っ暗だ。包帯が目を覆《おお》っていて見えない。夜なのか昼なのかわからない。どっちだって構わない。舞台の上で緞帳《どんちょう》があがるのを待っているかのようだ。板付きでキューを待つ。誰かがいるのを感じる。分厚い幕の向こうに観客がいるように。ひしひしと感じるのは、気配と呼ばれるものだ。たったひとりの見物客が私を値踏みしにやってきた。ここは病室だ。包帯でぐるぐる巻きにされている演者たる私。これが喜劇なのか悲劇なのか私にはわからない。

科学的な意味で、気配の正体とはいったい何なのだろう。息遣い、体温、空気の揺れ、におい、自分以外の存在が発するわずかな空間の異変を五感が繊細に感じ取った結果、気配という言葉に集約されるのだろうか。私の肉体はどんな得体のしれない気配を感じ取っているのだろう。非常に動物的に思える。

病室に誰がいるのか。私には家族も友達もいない。私がかつてご主人様と呼んで親しんだ男は、もう傍《そば》にいない。だから病室にいるべき存在は、医師、看護師、看護助手といった病院関係者、又は、私が女衒《ぜげん》と呼んでいる男のいずれかだ。

「寧々《ねね》。変身だ、変身。変身、知ってるか」

正体は女衒だった。私の覚醒《かくせい》に気づき、女衒は秘密みたいに小声で問うてきた。私は静かに「カフカですか」と答える。

「そう、蝶《ちょう》として生まれ変わったんだよ。包帯がとれる日が待ち遠しいね」

カフカの『変身』は、ある日目が覚めたら主人公のグレゴール・ザムザが虫に変身していたという話だから、私は、女衒は『変身』を読んだ経験も、あらすじを一読した経験すらもないと確信した。なぜなら、描かれる変身後の毒虫は醜《みにく》さや厄介《やっかい》の象徴であり、家族に忌《い》み嫌われたまま孤独な死を迎える。女衒のいう美しい生き物とは正反対だ。

女衒は私よりはるかに年上の異性だが、私に似ていると私は思う。私もご主人様に教育されるまで、何も知らない人間だった。だから私には女衒の考え方がわかる。変身という単語から受ける印象は、平凡以下の人間が世界を救うスーパーマンに生まれ変わるように、素晴らしいものに変化するものだという先入観があるのだ。カフカはさておき、私が今回、変身を経《へ》て、無益から有益に生まれ変わったということはまぎれもない。しかしながら、肉体改造手術を変身と表現するのは、比喩《ひゆ》ではなく事実に過ぎない。

二

「素晴らしい。完璧だ」

包帯がとれた私の姿を眺め、女衒は唸《うな》った。女衒は、私の包帯がとれるまでの数カ月、四六時中傍にいた。私が逃げ出さないようにするための監視役を務めているのだ。私にとって有り難くない目的とわかっていても、接する時間の長さは、否応《いやおう》なく、親しみを覚えるのに十分な役割を果たしてしまう。

何度鏡を見ても、どんな美辞麗句《びじれいく》を並べ立てられても、自分の中に払拭《ふっしょく》できない疑問が浮かんでくる。お湯を沸かすときに薬缶《やかん》の底からぽつぽつと上昇してくる泡みたいだ。やがてぼこぼこと火山みたいに沸いてくるから、私は小さな泡を無視できない。私は自分が正しいのか、担《かつ》がれているのか、正常な美的感覚を失っているのか、そもそもそんなものは持ち得ていなかったのか。鏡に映った化粧っ気のないスッピンが、素晴らしい完成品とは思えない。

「私、アイドルにそっくりの美少女だったのに」

私が街でこの女とすれ違ったら、せいぜい二十点しかつけられないわ。

鏡の前に立つ私の背後に、女衒が立った。眼鏡の奥の瞳が私の隅々《すみずみ》まで観察する。女衒の視線は蛇《へび》だ。獲物を捕らえるために音を立てずに近づいてくる。心にまで忍び込まれそうだと感じる。ひとたび視線にさらされると、何を考えているのか悟られる。そんな気がする。考えてはいけないことを考えているような後ろめたさが湧いてくる。その薄い唇は、次の瞬間に、私の心の声を再現する気がする。その恐怖からは永遠に逃れられない。とても苦手だ。

初めて会った頃は、毎晩のように追いかけられる夢を見た。物理的には、ただ女衒の瞳が動き、私に定めただけだ。目的は品評に過ぎない。

粘着質だと感じるのは、なぜなのだろう。粘着とは、ねばりつくことだ。しつこい様子だ。だが女衒は私に興味がない。私によって得られる金銭にしか興味がない。しかし彼の視線のしつこさは、肌を露出している際に特に向けられる性的な興味よりも激しい。いつか丸のみにされる。

「すでに買い手はついているから大丈夫。寧々の容姿は、その客のためのもの。無論、前回と変わらない」

私が手術によって顔を変えるのは二度目だ。一度目は、当時、社会現象じみた人気を博したアイドルグループの中心的存在の少女そっくりに作り変えられた。さる資産家の男性の御所望だ。私が一年間ご主人様と呼び、週末の別荘で帰りを待っていたひとだ。

私が彼の立場であれば、その莫大《ばくだい》な資産にものを言わせ、本物を手に入れようとするだろう。本物のアイドルがダイヤなら私はダイヤ風のガラスだ。だが彼は、ダイヤはダイヤとしてメディア越しに愛《め》で、ガラスはガラスとして愛した。残念ながらガラスは無教養で不作法だったが、彼はカッティングを施すように磨いてくれた。だがダイヤのほうが突然、いかがわしい自称ミュージシャンと駆け落ち同然に結婚したのだ。その駆け落ち婚は炎上し、彼女は炭素らしく燃え尽きて世界から消滅してしまった。ご主人様は絶望の末、ダイヤを忘れることとし、ガラスをも捨てた。ダイヤが存在してこそのガラスだと言っていた。

私は彼のために生まれたときから偽物《にせ》以外の何物でもなく、彼もそれを承知の上だったはずだから、私には私を捨てるという彼の価値観が最後まで理解できなかった。しかし、ご主人様に飼われた一年間を、私は愛しこそすれ、捨てられたことを恨んではいない。包み込んでくれる温かさを求め、帰りを待つときの穏やかさを思い出せば、どんな結末にもお釣りがくる。あの愛を真に受けられるのならば本物になり代わりたいと願わなかったといえば嘘《うそ》になるが、もとより、私はアイドルという存在とはかけ離れた存在だった。偽物は偽物。私はダイヤになれない。そして籠《かご》の鳥であった私は自由の空へ解き放たれた。だが私は籠の鳥で構わなかった。翼が欲しいと願ったとて、溶けて落ちるのが関の山だと知っていたからだろうか。

「大丈夫なら、いいですけど」

私は注文服と同じ、ぴったりに作られる。たったひとりのために、人工的に、たったひとりになる。前者に斡旋《あっせん》するのが女衒であり、後者が私自身である。

三

一番古い記憶は、小学五年生だ。みぞれの降る真冬に夜逃げした。みぞれが肌に触れると針に刺されたかと思った。冷たいとは痛いということだ。父が言う、大阪に行けばなんとかなるという根拠のない主張を頼りに、父母とともに三人で大阪に向かったが、鶴橋《つるはし》で捕まり、父は金属バットで半殺しの目にあった。父はあの夜を最後に離れ離れになったが、死んだと聞いたことはない。だからどこかで生きているのだと思う。元気にしているといいと思う。

私は小学校もろくに卒業できず、母子揃《そろ》って売られてしまった。

あれからまだ十年も経《た》っていないのに、それ以前の記憶がない。幸せだった頃を思い出しても、比較して辛《つら》くなるだけだから、記憶を入れた箱に鍵をかけ、取り出さないようにしていたのかもしれない。あるいは、何の心配もいらずに過ごしていた幸福な時代を取り出しては嘆く母の姿を目の当《ま》たりにし、母のようにはなるまいと誓ったからかもしれない。仕舞いこむうちに、私の箱はどこかに消えてしまった。

　心の弱い母は、箱を大切に抱えたまま、あっけなく死んでしまった。心のみならず、体も弱かった。

私はその身に借金だけが残ったが、父には感謝している。私が健康な肉体と強靭《きょうじん》な精神を持っているのは、父譲りだと思うからだ。父があの父でなければ、他人に多額の金を借りて逃げるなんて芸当、到底できない。自分のためならば他人をもどん底に陥《おとしい》れる父のおかげで、私は、自分には非がないと信じながら他人のために死んだ母とは、まったく違う生き方ができる。

私は楽観主義者だ。一方で貧乏くじが束になってかかってきても、私の人生には敵《かな》うまいと思いながら、他方で、私のような悲劇のヒロインには、案外、神様がハッピーエンドを用意してくれている気がする。現実は、そんなわけがないのだけれど。

今でも覚えている。私の十六歳の誕生日のことだ。女衒は、性産業で働いていた私のもとにやってきて、いい金になる仕事があるから引き受けないかと誘ってきた。人間を人形にする。億の金をかけてでも、人間仕掛けの人形が欲しいという需要があるのだという。億の借金と、億の購入資金。一枚あたりの原価二十四円の印刷された紙の分際で、他人の人生とも交換できる。お金という価値がどこから来て、どこへ行くのか、少しだけ理解できるし、何もわからないともいえる。

「どんな人なんですか、次のご主人様は」

二度目の変身が、誰のためであるのか、私は興味がない。だが、聞かざるを得なかった。私は彼と一生を過ごす可能性すらあるのだから。

「婚約者の女が居眠りトラックに突っ込まれてぐちゃぐちゃになった、残された哀れな男だよ」

女衒は夕食に添えるリンゴの皮を剝《む》き、欠片《かけら》を口に放り込みながら言った。女衒の口調は、客となる男を哀れんでいるとは思えない。彼にとってその悲劇は、私に提供する情報のひとつにすぎない。

私は女衒のアパートで一緒に暮らしながら、見知らぬ男のもとに送り届けられる納品日を待っている。きっとその日は突然来るのだろう。たとえば私にとっての死のように。

女衒の素性は、この住所以外何も知らない。客観的な情報はほとんど知らない。私が知っていることは、彼が淡泊な性格をしていること。人の不幸を面白がるとか、必要以上に冷酷《れいこく》だとは感じない。感情移入をしたり、共感したりといった、心の回線を切断しているのだと思う。それは私にもよくわかる。繋《つな》いでしまうと泣きたいからだ。繋いでしまうと、手を差し伸べたくなるからだ。中途半端に助けたくなってはいけない。誰しも自分ひとりで生きていかなくてはいけないから。それを深く理解してしまっているから。

ただ飄々《ひょうひょう》と生きていくことができるのならば、そのほうが楽でいい。だから客観的には淡泊に見える。喜怒哀楽に乏《とぼ》しく、感情に波風が立たない。まるで凪《なぎ》の海だ。だが海は様々な表情を秘めている。嵐が起これば顔を変える。私の裡《うち》にも風のない海が眠っている。波が立ちませんようにと願い、嵐の訪れに怯《おび》えている。

「婚約者の女性を亡くしたんですか。お可哀相《かわいそう》に」

「息だけはしている」

「より不幸です」

「寧々、敬語が使えるようになったのか。初めて会ったときは野生の人間が存在したかと思ったのに」

「ご主人様に教えていただきました」

「まあ、もうそいつのことは忘れろ。だが獣《けもの》にまで巻き戻れとは言わない。つまりロボットになれ。メモリーをリセットしろ」

私は考えた末、目を閉じて、人差し指でこめかみを押してみた。私が考える精一杯のロボットだ。きっと機械的に喋《しゃべ》るに違いない。

「ピー、リセットします」

「そうそう。その調子」

ご主人様のことを本当に忘れられますように。

四

女衒のアパートはワンルームと狭いので、私たちは身を寄せ合って食事をし、同じ空間で眠る。夜通し、新しい彼の情報を与えてもらう。私は一度も会ったことのない彼をインプットしていく。竜《りゅう》という名前、A型、百七十五センチ、七十キロ、有名大学卒業、既往症なし。

日本ではその名を知らない者はいない大企業の創業者の孫息子で、一点の汚れもない順風満帆《まんぱん》な人生を歩んできた。最愛の婚約者が交通事故で眠り姫となり、キスをしても目覚めない。悲しみの底に沈んで浮上できない彼を、周囲の人々は想っている。どうか、誰か、誰でもいいので彼を助けてください。そうやって、彼の心を必死に引き上げようとしている。その実力行使のうちのひとつが私の二度目の形を作ったらしい。

「美しい話です」

私がうっとりと言うのを、女衒は嗤《わら》った。

「寧々とずいぶん世界が違うけど、気は合うのかね」

「私、前のご主人様とは気が合いました。ご主人様は世襲の政治家でしたから、生粋《きっすい》のお坊ちゃん育ちでしたけど、様々なことを教えてもらううちに、とても楽しい時間を過ごすようになりました」

前回の変身のとき、私は一年間、別荘でご主人様の帰りを待った。そういう設定だったからだ。アイドルという本業をこなしながら、週末にはご主人様を待っている。シチュエーションが大事だとご主人様は言った。大それたごっこ遊びだった。

ご主人様もまた、毎週末だけ別荘に来る。土日だけの逢瀬《おうせ》。そのほかの平日は、偽物の私はご主人様に与えられた教材や本を読み、週末のために知識を蓄え、彼に披露する。彼は、会うたびに人間らしく成長していく私に微笑《ほほえ》みかける。物事に精通すると驚嘆し、頭を撫《な》でてくれる。偉いと言ってくれる。ひとつの事件に対するものの見方をふたりで議論する。相容《あいい》れなかったことはなかった。それは彼の器《うつわ》の大きさに起因するものだったかもしれないし、ふたりの気が合ったからかもしれない。年がとても離れていたが、ジェネレーションギャップもなかった。私が空っぽだったからだ。彼の色に染まり、彼で満たされる。悪くなかった。

私にベッドを譲って床で寝ている女衒からの反応がなくなった。

「あの」

「ピー」

女衒は言った。リセットの合図だ。この話をやめるように要請している。あなたしかいないのだから、聞いてくれたっていいでしょう、と私は思う。たとえ他人に話せない一年間だったとしても、私が人生の中で唯一幸せだった季節なのだから。もう二度と取り戻せない時間だったとしても、私が反芻《はんすう》する限り永遠なのだから。

だが、女衒の人間的な意思も感じた。捨てられてしまった私に同情しているとまでは思えないが、忘れたほうが身のためであるのは確かだ。幸福を矯《た》めつ眇《すが》めつしていた母の姿は滑稽《こっけい》だった。あんな結末を選ぶのは嫌だ。どこが私の結末なのか、私はまだ決めるつもりはない。だから女衒に倣《なら》って私も言った。

「ピー、ピー、ピー、ピー」

私、ロボットになりたい。二度目の変身のときに、顔だけじゃなく、体や心の中身まで取り替えてくれたらよかったのに。ロボットならば、ボタンを押すだけでリセットができるでしょう。どこにもリセットボタンを持たない人間という生き物は、ロボットの世界では重大な欠陥品に違いない。

五

一週間もすると、まるで竜が知り合いのように感じるくらい、様々な情報を知った。誰とも深い付き合いのない私は、竜以上に知っている人はいないとさえ思う。

ご主人様のときは、ご主人様が望んだ人形だったから話は早かった。私はご主人様に歓待を受けることができたし、ただ別荘で過ごすだけでよかった。だが竜は違う。竜は私を望んでいない。竜が望んでいるのは、時間が巻き戻ることだ。交通事故が起きていない時点になって、婚約者が戻ってくることだ。そっくりの人形を用意しましたといって提供されても反発を受けるだけである。

「運命を演出しろ」

女衒は私に何度もそう言って聞かせた。そして私をパーティーに連れていった。アイドルの容姿だったならば、パーティードレスがとても似合っただろうに、新しい私は、どんな高価な宝石で着飾っても何ひとつ似合わない赤点女だった。一度目の変身で鏡を見るのが大好きになったのに、今は鏡なんて三秒以上見たくない。鏡というのは左右を映すものではなく、前後を映すものなのだとご主人様が言ったことを突然思い出した。こんなどうでもいいことを、どうして。ピー。

女衒は私を立食パーティーの会場に放り込み、私は会場でシャンパンを飲みながら壁に寄り添っている。こんな姿では、壁の花にもなれやしない。誰も私を振り向かない。

だが時間が経つと、竜の視線だけは感じた。私は彼に目を向けないように窓の外ばかり見ている。いつ冬になったのだろうと思った。雪が降っている。どうりで寒いわけだ。

竜に対して、私から接触してはいけない。竜からの接触を待つ。竜は必ず私に声を掛ける。親に無理に連れてこられたパーティー会場で、今にも命を落としてしまうかもしれない婚約者の身を案じて上の空になっている竜は、婚約者そっくりの私を見つける。私は竜を知らない。私は声を掛けてきた竜と、友人のように仲良くなる。

婚約者は生きながらえているけれど、決して長くない。だが新しい女性と出会うことで、別れは辛くなくなる。私という存在が穴埋めとなる。私は竜と一生過ごしてもいいし、途中で別れてもいい。とにかく満足に眠ることもできない状態の竜の精神を現実に向け、別れを辛いものではないように変えればいい。

計画自体が悲劇だと思う。滑稽で、人を馬鹿《ばか》にしているとも思う。だが誰もが真剣だから止められなかったのかと思うと責める気にもなれない。それでも私が竜の立場なら、悲しみに土足で踏み込まれた気分になるだろう。悲しみは人を癒《いや》す一助になる。竜が婚約者を案じる時間を奪い取る権利なんか、誰も持ってなどいないではないか。

「こんばんは」

竜が声を掛けてきた。私は彼に興味のない目を向ける。どうか罠にかかってしまわないで。踊らされないで。そう願っていたのに。そんな悲しそうな瞳で私を見ないで。これでは思惑どおりではないか。あなただけが知らない策略に、あなたが翻弄《ほんろう》されてしまう。舞台の幕はあがってしまった。始まってしまった以上、私はあなたと踊ること以外もうできない。

六

私が竜を待つ時間は、別荘でご主人様を待つ時間とは似ていない。

まず別荘は私と手伝いがひとりいるだけの個人的な空間で、街中の人混みではなかった。街中は久しぶりだけれど、孤独の受け入れ方は心得ている。悪い意味ではなくて、とても良い意味で、他人に興味がない場所は居心地がいい。私が存在していても、誰にも影響を与えない。誰が存在していても、私に影響を与えない。

竜は、私に真実を言わない。眠ったままの婚約者とそっくりだと、私には言わない。言わないまま、こうして時々待ち合わせ、食事をしたり、買い物したりする。お互いを少しずつ知っていく。まるで恋愛のようだ。

こちらは事情のすべてを知っているのに、知らないふりで付き合うのは大変だ。話さなければいいのに、竜は私と話したがる。関わらなければいいのに、関わりたがる。すべてを知っているのに、隠したがる。知らないふりをしていることに気づかれないようにしなければならない。疲れる。

見た目というのは、そんなにも大切なのか。

悔しい気持ちがする。見た目が大切でなければ、私の生業《なりわい》は成り立たない。とはいえ必要なのは美しさではなく、たったひとりのためのたったひとりであることだ。でも私は、見た目以外は偽物だ。それはいつだって変わりない。

だが本物が本物たる証拠は、どこにあるのだろう。たとえば私が眠る婚約者の名を騙《かた》り、同じ住所に住み、竜と人生をともに歩むことにしたら、私は誰なのだろう。免許証も保険証も持たずに身ひとつで外に出て私が死んだら、私の死体は誰が弔《とむら》うのだろう。ご主人様に捨てられたあの娘は、誰が埋めてあげたのかしら。感傷に浸るのはよくない。ピー。

「寧々、はい」

待ち合わせた竜は、私が好きだと言った紅茶の缶を持っている。私は竜が私に目を向けていると知っていて、自分がそのように仕向けていると知りながら、燃え尽きそうなダイヤモンドを忘れないでと願っている。竜が彼女を忘れないでいてくれることが、私の存在意義だから、どうか忘れないで。

竜と出会った冬は終わり、すでに春が訪れている。季節が過ぎていくことは、空の色によって一目瞭然だ。時間の経過を知ることも、空を一目見ればわかる。私と過ごしていてもいいのか。去りゆく一分一秒を本物と過ごさなくてもいいのか。問いかけないけれど。

そのときはすぐに訪れた。

女衒から私に「婚約者が目を覚ました」という連絡があったと同時に、竜は「急用ができた」と言って、立ち去ってしまった。私は駅に向かう竜の後ろ姿を見送りながら、どれほど安堵《あんど》したことか。本物が大切にされるのが心から嬉《うれ》しい。偽物なんかに惑わされないで。置き捨てられた身でそう思う。それってどういう理屈なのか、誰か教えてよ。

七

「婚約者が死んだらしいよ」

女衒は、目を覚ましたという朗報の次に訃報《ふほう》を口にした。私はあからさまにショックを受け、帰ってきたばかりのアパートの床に座り込んだ。春先の夜気に冷やされた廊下が体の熱を奪っていく。床板に溶けだした熱は、どこに行くのだろう。体の機能が停止したとき、魂《たましい》は身体《からだ》に留まれないのなら、魂はどこに行くのだろう。ダイヤモンドが燃え尽きたら、二酸化炭素になってしまうように、空気中に溶けてしまうのか。

「せっかく目を覚ましたのに、どうして死んじゃったの」

「死ぬ直前に目を覚ましただけだってさ」

「竜は間に合ったのかしら」

「間に合った」

女衒が嘘を吐いたのかどうか、知りたいとも思わなかった。ほっとした自分の気持ちを大切にしたいと思う。残された時間をともに過ごすことができたのは、不幸中の幸いだった。

「よかった」

へたり込んだまま動けずにいた私の腕を摑《つか》み、女衒は私を暖かい場所に移動させた。

「依頼主はお前に感謝しているそうだよ」

私は竜のための人形だったけれど、竜が望んだものではなかった。もっと別の人物が私を作り上げた。その目的を達成できたのなら、お払い箱になるのだろうか。どちらでもよかった。竜の傍に居続けることができるとも思わない。あの人はとても優しい人だから、傍にいてもいいけれど。

いだろう？」

「報酬金《ほうしゆうきん》も入ってきた。寧々、この金で顔を変えてもいいよ。まさかこんなこと、続けな

父の借金は、一度目の変身で完済している。二度目の変身は、私のものになる。自分のためにに三度目の変身をしてもお釣りがくる。どうせなら私は私のために生きようか。女衒は私の通帳をわざわざ出してきた。報酬金が入ったタイミングを見計らって、記帳しておいてくれたらしい。

女衒は、裏通りを歩く人間だ。このような商売に従事しているから、信用できるかできないかは判断が分かれるのだけれど、こと変身に関してだけは、私は彼をフェアだと思う。

女衒の携帯電話が鳴った。女衒は電話に出て、そして切った。

「寧々」

「なんですか」

「竜が死んだって」

女衒がそう言ったとき、私の携帯電話のメール着信音が鳴った。竜からのメッセージだった。じゃあ、竜が死んだなんて嘘。だと思ったのに「寧々を選べなかった。ごめん」なんて書いてあるから、やはり女衒は悪い人だけれど嘘つきではないのかもしれない。

メッセージは簡潔だったが、用件はすべて伝わるものだった。竜の心がそのままだ。私は笑ってしまう。やっぱり竜にとって必要なのは私じゃない。生きることを選ばなかった

ことを喜ばしいと思う。

「なにそれ」

私は何度変身してもガラスだった。竜が本物のあとを追ったことが、なぜか嬉しかった。偽物なんかに気をとられずに、わき目もふらず本物を追いかけてほしいと思っていた。残された人たちの悲しさなんかに惑わされないで、どうせ燃え尽きるなら一緒に燃え尽きてしまえ。

「竜の遺言か」

私は女衒に訊《たず》ねる。

「ねえ、本物が本物たる証拠って、何なのかしら。本物が本物として成立することって、いったいどういう状態なの」

「他者と記憶を共有することだと思っている」

女衒は簡単に答えた。女衒の中で、何度も問いただし、回答を用意していたのかもしれなかった。女衒がそれを考えていたことは意外だった。女衒には答えが必要だったのだろうか。他者と記憶を共有すること。そんな概念が。だったら私はどうしても寧々にしかなれない。私を記憶している人は数少ないけれど。

竜は車の交通事故に巻き込まれたらしい。巻き込まれたのは車のほうだ。なんと身勝手な男なのだ。人間としての苛立《いらだ》ちと、たったひとりを望んだ人への祝福が湧いてくる。おめでとうと言いたくなる。

八

女衒は私をアパートに残し、「次の仕事に行く」と言って、消えてしまった。私は少しがっかりしたが、アパートのワンルームに延々ふたり暮らしも辛いものだったので、仕方なく受け入れた。いざひとりで暮らす場所という視線で眺めると、便利な立地にあって、治安も良い場所だったし、三階建ての三階の角部屋で、窓からの景色が気に入っている。

春は過ぎ、夏も来て、秋が深まった。ひとりでいるのは楽だった。少しは人生の休息をとってもいい。ご主人様に教えてもらったように、私は自己研鑽《けんさん》をするお金は惜しまず、浪費はしないよう努めた。とはいえ、ずっと蹲《うずくま》っているわけにもいかない。私は私の立ち位置を考えて、来春から学校へ行くと決めた。何者になればいいのか、少しずつ考えていこうと思う。三度目の変身はしないことにした。外側を何度も変えるよりも、今は部品を整備するほうが重要だ。

雪が降り始めて冬の訪れを知り、ある朝、私は大雪の町に出た。時計は五時を指している。朝といっても、夜のピークが過ぎて、朝の足音がする時間だ。まだ空は真っ暗だ。初雪が二十センチも積もった。雪が降る日は温かい。白い底と分厚い雪雲の蓋《ふた》にはさまれて、閉じ込められたみたい。誰もいないのが嬉しかった。二十四時間営業のスーパーで今日の朝食を買ってこよう。毎日そうやって運動している。運動すると頭がしゃきっとする。回路が繋がっていく感じがする。

スーパーの駐車場は、雪が膝《ひざ》まで積もっている。車なんか一台も入れやしない。ぽつりぽつりと人影。みんな、歩いてくる。誰ひとり知らないのに、非日常を前にして私たちは運命共同体。ほとんど真っ暗な世界に、スーパーが発する光だけがダイレクトに差している。蛍光灯《けいこうとう》の明かりは、朝日とは何も似ていないのに安心する。光線の種類が違うのに、闇《やみ》の中からではどんな光でも希望じみて見える。

私は、スーパーから出てきた人に目を奪われてしまう。顔が竜にそっくりの人が出てきたのだ。懐かしさが胸をうつ。その人は目の前の私を一瞥《いちべつ》し、目をそらしてすれ違おうとする。私は竜と口をついて出てきそうになったけれど、すんでのところで思いとどまった。

あれ、女衒だ。

「どうしたんですか、その顔」

すれ違った人を振り返ると、女衒も振り返ったところだった。

「なんでわかったのさ」

竜の顔をした女衒だけれど、竜よりも女衒のほうがひょろっと背が高いし、痩《や》せている。なにより、目が違う。女衒の視線は蛇だ。とても苦手だ。粘着質な感じがするからだ。心の中まで覗《のぞ》き込まれてしまうから、後ろめたいことを考えられない。女衒の視線は、なによりも女衒を物語る。私に興味のない視線。でも竜の目は違う。私を見ていない視線だ。私を通し、他の誰かを見ている。それもまた、私に興味がない。

「やっぱり。声が」

「あ、しまった」

女衒は竜のガラスになっていた。注文製品だ。竜は死んだ。だけど、竜を必要とするひとのために、女衒は注文に応じたのだ。誰が望んだのか、私には推測するしかできない。どうしてなのかは、訊《き》いてみないとわからない。答えてくれるかどうかもわからない。経緯も事情もわからないことだらけだわ。何かを読み取ることができるかもしれないと思い、まじまじと眺めてみる。

女衒の心情はさっぱり読み取れないけれど、この瞬間、ご主人様の気持ちも竜の気持ちも手に取るようにわかった。すると、宇宙のすべてがわかるみたいに全能感に満ちてくる。ダイヤがあってこそのガラスであって、ガラスだけが欲しいのではない。ガラスでいいとは思えない。ダイヤが欲しい。ダイヤになりたい。私、ダイヤモンドになりたい。

だけど私も女衒もガラスにしかなれない。でもダイヤほどじゃなくても、ちょっとやそっとでは割れないことに定評があって、光を通すこともできて、少しくらいなら燃やされても平気な顔をしている。溶けたら別の形に作り変わることもできる。私たちは、案外、物質として強いのです。

女衒はスーパーの窓灯《あか》りを頼りに膝までの雪をかき集めて雪玉にして、私に投げつけてくる。私も同じように周囲の雪をかき集めて丸くまとめ、女衒に向かって投げつける。

私は雪玉を一所懸命作って投げながら、「ピー」と叫んだ。女衒も私に向かって雪玉を投げつけながら、同じように「ピー」と叫んだ。何度もお互いに雪玉をぶつけ合う。そのたびにピー、ピー、ピー。ロボットの世界では人間は重大な欠陥品に違いない。そのうえ、壊れても替えがきかない。

レイニーデイ

不幸に直面したときに友だちがわかる。

ヘルダー

RAINY DAY

一

「どうしてこんなことになっちゃったのかしら……」

この会社に新卒で勤めて定年目前だという女性社員は、私物のペンや手帳をおしゃれなエコバッグに入れながら、ひとりごちた。

私は一カ月前に入社したばかりの新人派遣社員なので、情報を得るのが遅かったのだが、昨晩、社長が逮捕されたらしい。テレビのニュースにもなっていたそうだが、見ていなかったので知らなかった。そのうえ、今日、会社は破産した。

ホワイト企業で有名だった会社は、たった一夜で激変した。社員たちは退職金どころか、先月の給与さえも公的機関に頼らねばならないらしい。

一部の社員以外はもちろん何も知らずに今朝出社して、そして片づけを終えた者から帰っていく。

たとえば「気を落とさないでください」と言ったところで何の慰めにもならないことを、私は知っていた。むしろ何も言うべきでないとわかっていた。昔まったく同じ状況を経験した際、私はやはり派遣社員で、相手は正社員だった。何か言わなくてはならない気がして私は「気を落とさないでください」と言った。「お前に何がわかる」と吐き捨てられた。

嫌みに聞こえたのだろうか。そう思った。私の発言で嫌な思いをさせ、それが私に返ってきたのだろうか。しかし、賞与も退職金も出ない私の前で、賞与は何に使うだとか、退職金は何に使うだとか、遠慮なく——むしろ自慢気に——話していたその社員の絶望に満ちた表情を思い出すと、今では、いい気味だと思う。だけど、当時はそうは思えなかった。それに今でも、もうあんな気持ちにはなりたくないと思っている。ならば下手《へた》な慰めなど不要だ。

ふと、女性社員が私を見た。私は黙っていた。気まずかったが、目をそらすことはしなかった。彼女は悲しそうに微笑《ほほえ》んだ。

「派遣さん、せっかく入ったばかりだったのに、残念ね」

その言葉は、特に何らの含みがあるものではなく、入社一カ月で退職となった私への純粋な慰めの言葉らしかった。まだ、良い人とも悪い人とも判断していなかったのだが、すれたところのない素直な性格の人物らしい。その憐《あわ》れみは、受け入れても構わないと思えるような優しい響きをしていた。自分も混乱しているだろうし辛《つら》いだろうに、私に対して同情的だった。

私は何も答えない。黙ってデスクを片づけ、一礼をして去る。

二度と会うことはないだろう。

二

五ツ星のシティホテルの一室からは、天気が良い日は富士山《ふじさん》の山頂が見えると聞いていた。滞在して一カ月、今日は雲ひとつない快晴だった。窓の外に目を凝《こ》らすが、いくつもの山が連なっている中で、どれが富士山かはわからなかった。

ルームサービスを頼むか、最上階のラウンジで早めの昼食にするか迷いながら、窓際でヒールを脱いだ。幸いなことに制服はまだ出来上がっておらず、返却する必要がない。私は自分のスーツの上着を脱ぎ、傍《そば》のベッドに仰向けになってしばらく天井を眺めたのち、ごろりとうつ伏せになって、枕元に置きっぱなしだったノートパソコンを起動した。

ニュースサイトのトップページには、私が先ほど退社した会社が倒産したという見出しがある。といって、記事を確認したところで、得るものはないだろう。私は新着メールがないことを確認したのち、新規メール作成のボタンを押した。空っぽの新規メールに『終了しました』と題する。

平田《ひらた》です。お疲れ様です。契約終了です。

たったそれだけのメールを送信すると、私はベッドの上に座り、窓の外をもう一度眺めた。窓明かりは眩《まぶ》しい。展望の良い部屋だ。どこまでも見渡せる。

パソコンに目を戻すと、数分も経《た》たないのに返信があった。

『RE：終了しました』

お疲れ様でした。お金は振り込んでおきます。財務の状態が良かったんでしょうか。結構かかりましたね。ところで、新規案件いかがですか――。

私は明るい青空を切り取る窓に目を移す。この景色も見納めか。晴れの日は格別だった。雨の日でもたくさんの傘が行き交う地上や、夜の暗い世界にビル群の明かりが浮かび上がる様子は、なんだかほっとする光景だった。
一、二十三区内
二、大阪市内
三、博多《はかた》市内……
相手のメールには複数の行き先が書いてある。次の派遣先の提案だ。私はどこでも自由に選択できる。新しい場所も、景色の良いところがいいな。

『まだかまだかとお待ちかねですよ、疫病神《やくびょうがみ》の入社を』

三

自分が疫病神だと知ったのは、今から十五年前、二十歳《はたち》のときだ。短大を卒業して就職し、その年の終わりには、六社が潰れた。何か特別な細工をしたとか、悪事に手を染めたなどは一切ない。断じてない。ただ私が入社するだけで、会社は急速に傾き、廃業する。清算できることは稀《まれ》で、大抵の場合、破産してしまうのだ。

履歴書を正直に書いたらどこも雇ってくれなくなった。私は日銭を稼ぐため、派遣会社に登録した。その契約の席上で、履歴書を見た担当者は「凄《すさ》まじい経歴ですね」と驚いていた。私は、

「疫病神なんでしょうか」

と、真剣に相談をした。二十歳にして職歴の欄に六行も並ぶ『会社都合（廃業）により退職』には、本当にうんざりしたし、悲しかったし、後ろめたかった。

後日、私はその担当者から、ある会社を紹介された。いわく、『潰れてもいい会社』だそうだ。私は自分の苦悩を揶揄《からか》われているようでいい気持ちではなかったが、働ける場所があるほうが重要なので、言いたいことは呑《の》み込んだ。

私が入社して三週間後、会社は潰れた。

落ち込む私をよそに、担当者は興奮気味だった。これからどんどん紹介します。どんどん潰してくださいと言った。

つまり、こういうことだ。会社にはライバル企業や、敵対している企業がある。そしてライバル企業が潰れてくれないかなという願望がある。そんな口には出せない願望を拾い

上げ、大金を得て、派遣会社は潰す先の企業と契約して、何食わぬ顔で、スパイのように疫病神――私――を送り込む。

私は商売というものは恐ろしいと感じた。競争相手の企業を陥《おとし》れるという考え方もさることながら、私のような存在にも利用価値があるとは。

「あまりに合法的。ただ居るだけでいいなんて、凄《すご》いですよ！」

担当者は言った。

どこに行っても馴染《なじ》めないまま、普通の人ならそうは見られない終焉《しゅうえん》を何度も見届けてきた自分を慰めるには、配慮のない賞賛だ。しかし、こんな考え方もあるのかと、目から鱗《うろこ》が落ちる思いだった。

以来十五年、私は担当者に紹介されるまま、全国を渡り歩いている。いつもホテル暮らしだ。宿泊費用は、派遣を依頼した会社が負担している。派遣会社は、いつも高ランクのシティホテルを用意してくれる。相当な額が動いていると聞いた。どれほどのお金が動いているか具体的には知らないが、それだけ経費を掛けてもいいということは間違いない。

今が何社目なのか数えるのは、もうやめてしまった。

四

メールに添付されていた地図のとおり、その会社はオフィス街にあった。残念ながら四方をビルに囲まれているせいで全貌《ぜんぼう》は明らかではなく、ビルとビルの隙間《すきま》にある、人ひとりしか通れないような細い路地を進むと建物の入り口に至る。上から見ると敷地が旗のような形だから、こういう形の敷地を、旗竿地《はたざおち》と呼ぶ。

日陰《ひかげ》にひっそりと佇立《ちょりつ》する四階建てのコンクリート造りのビルは、長く日陰にあるために黴《かび》で黒ずんでいた。直接風雪にさらされないため、欠けてはいないし、剝《は》げていたりもしない。冷蔵庫の中に忘れたまま、黴がまわっていきなり溶けてなくなってしまう食べ物のようだ。失礼ながら、最短記録を更新するかもしれない。そう思った。

段差があってタイル貼りのポーチがあり、ガラス張りのドアがある。小さなホールに入ると、ポストが八つ並んでいた。一階につき二部屋、つまり八区画ある。

一階には、管理人室と、私の派遣先の会社名、二階は両室とも空欄、三階と四階の四部屋には『空室』と明記されていた。ということは、二階は入っているのだろう。

しんと静まり返った廊下は暗く寂しい。奥の壁の高い位置に明かり取りの小窓があるが、採光に役立っているとは言い難い。湿ったにおい、こすれて地の出た床、蛍光灯《けいこうとう》は振動音を立てている。安定器が劣化すると鳴る音だ。

　会社名のネームプレートがかかった部屋のドアは、小窓がついていて、室内には照明が灯《とも》っていた。ノックをしても返事はない。もう一度ノックをしても返事がないので、私は恐る恐るドアノブに触れ、回した。施錠《せじよう》されていない。――「失礼します」

　部屋に入ると胸までの高さの受付台があり、台の向こうには雑然とした事務所がある。十坪くらいか。机四つが向かい合わせになり、部屋の中央で島になっている。四方の壁はすべて書架だ。大きなプリンターもある。事務椅子《いす》四つの他に、丸椅子が三つ。どの通路も細く、人がすれ違うことはかなわない。デスクの足元にはサーキュレーター、モニター。あちこちにカラフルなポスターや真っ白の模型、山積みの書籍やカタログ。映画のパンフレットはともかく、キャラクター物のフィギュアは趣味の品だろう。

　小さなデザイン事務所と聞いている。手前の机の下で寝袋に入って眠っているのが、きっと所長のデザイナーだろう。事務椅子を寄せて空けた床の隙間に、器用におさまっている。

　デスクの上には写真や図案が散らばっている。家族写真の入った写真立てがあるということは妻子がいるだろうに、会社での寝泊まりは常態化しているように感じられた。

　室内に人が入ってきたというのに、起きる気配がない。起こさないほうがいいだろうか。妻子の笑顔はすぐ傍にある。彼らの夢を見ているのなら、目覚めないほうが幸福かもしれない。現実には私という災厄《さいやく》が現れ、彼を蝕《むしば》もうとしているのだから。

「新しい人？」

私は振り返った。私が入ってきたドアから、スーツ姿の男性が入ってきていた。いかにも営業職らしき、野性的な雰囲気を持つ男性だ。営業という人種は、どうしてこうもわかりやすいのだろう。人を見る目が、他の職種とまったく異なる。鋭い瞳でありながら、笑顔はさわやかで明るい。

私は背筋を伸ばして一礼をした。

「勝手に入って申し訳ありません。今日からお世話になります、平田といいます」

「こちらこそ宜《よろ》しく。広告代理店の大木《おおき》です。取引先の営業担当です」

彼は懐《ふところ》から名刺を取り出し、差し出してきた。ついで、背後から、スタッフらしき人が続々と入ってくる。スーツなのは私と大木さんだけで、他は皆私服だ。三人入ってきた。机の数と一致する。これで全員だろう。

「所長！　朝ですよ」

スタッフに起こされて、寝袋が起き上がった。

「お客さん？　すみません……」

と寝ぼけている。やはり彼がこの事務所を作った人だ。これから私が壊す事務所を。

五

「なんかしっくりこないなァ……」

　午後五時になって、所長は言った。三人のスタッフからそれぞれ野次が飛ぶ。

「連泊するからですよ」

「賞とって燃え尽きたんじゃないですか。生産性あげていきましょ」

「仕事ならいくらでもありますよ。働いてください」

　私は丸椅子に座り、女性スタッフに経理ソフトへの入力方法を教えてもらいながら、様子をうかがっている。

　所長はパソコンの前であくびをし、伸びをしていた。

「今日こそは帰ろっかな」

　所長は新進気鋭のデザイナーで、つい先日、その業界で有名な賞をとったという。今朝、営業が帰り際にそう言っていた。美大で同級生だったたそうだ。所長はその頃すでに、突き抜けた才能の持ち主で有名だったらしい。大学時代に、のちの代表作といえる作品を初めて見たときには、あまりの衝撃に言葉を失い、何時間も立ち尽くしたという。何年も経った今でも、当時の感情を思い出せるそうだ。

他のスタッフも、親しく野次など飛ばしているが、所長の才能、仕事に対する情熱、前向きな性格に惹《ひ》かれて、安月給でも我慢して働いていると笑っていた。零細《れいさい》企業によくある、アットホームな社風らしい。

「所長、平田さんって五時までですよね」

私に仕事を教えてくれている女性スタッフが所長に言った。所長は「もう五時？」と言い、頭を掻《か》いた。

「平田さん、今日はありがとうね。明日も宜しく」

「こちらこそ、宜しくお願いします」

私は座っていた丸椅子を邪魔にならない場所に寄せ、荷物をまとめて退所した。私がここに勤めるのは今日からいつまでなのだろうと思いながら。帰る間際、チョコレートをひとつもらった。個包装になっていて、花柄の包み紙が可愛《かわい》い。ポケットに入れた。


新しい拠点のホテルでも高層階の部屋にした。あいにくの天気で、残念ながら景色はよくない。晴れていれば、ビル群の果てに海が見えるらしい。チェックインをしたとき、コンシェルジュが教えてくれた。でも、天気予報のアプリを見る限り、今週はずっと天気が悪い。明日は雨になる予報だ。来週も天気がいいとは書いていない。次はいつ晴れるのだろう。

夜のオフィス街はたくさんの明かりが灯っている。耳を欹《そばだ》てれば、雨音の隙間を裂くようにクラクション、救急車やパトカーのサイレン、線路の上を行く電車の音が重なる。沸かしたお湯を飲むうちに、少しだけ落ち着いた。

夕食はスーパーに立ち寄って、パック寿司《すし》を買ってきた。フタの裏に絞りだした練り山葵《わさび》に醬油《しょうゆ》を垂らして、ベッドの上でイカから食べる。

もらったチョコレートはベッドの傍のゴミ箱に投げ捨てる。

もし食べてしまったら、私は一生後悔する。そうわかっているからだ。だから勿体《もったい》ないけれど捨てる。食べてしまえば、この先一生、チョコレートを食べるたびに、この会社を思い出してしまう。あるいは、この会社を思い出すたびに、チョコレートの味を思い出してしまう。記憶というものは五感との結びつきが強烈だから、避けなければならない。同じ理由で、私は流行《はや》りの音楽を聴かなくなった。流行歌とその当時勤めていた会社が強く結びついてしまうからだ。夕食を外で食べないのも同じ理由だ。

……もっと前に諦《あきら》めたと思っていたのに。どこへ行っても「派遣さん」だったのに。私の名前を呼ばないでください。そう言ってしまいたかった。本当は私の居場所ではないのに、明日も一カ月先も、ここにいる夢を見てしまうから。

窓の外を眺める。夜のオフィス街の明かりのひとつひとつは残業の光だ。みんな、普通に仕事をしているのだろう。残業が羨《うらや》ましい。派遣社員に残業をさせると高いから、私は残業をすることがない。

地上では、人々が傘をさして歩いていく。ビルから出てきて、解散していく。飲みに行く人もいるのだろうか。普通の飲み会、食事会、歓迎会……。

これまでに入った会社では、誘いがあったりなかったりだった。廃業によって解散するため送別会はなかったが、歓迎会は開催され、参加したこともある。廃業に間に合えば、の話だが。

六

ビルを一目見て直感したように、翌日からの事務所の転落ぶりは私史上最速といえた。まず、朝出社したら、所長が意気込んで取り掛かっていた新規案件が、先方の予算の都合でキャンセルとなった。

午前中、不渡りが出た。緊張の糸が張りつめた。午後は、嫌がらせじみたクレームが二件届いた。ほとんど言いがかりのような内容で、電話対応をした所長が長電話を終えたときには、憔悴《しょうすい》しきっていた。それでも笑って言った。

「不思議なもので、悪いことは立て続けに起こるんだよな。気にしない気にしない」

士気は落ちていたが、スタッフの誰も、誰かを責めたり自分を責めたりはしなかった。

「反省会は全部終わってから」と所長が宣言したからだ。

　これ以上何も起こりませんように、と皆が願っていたら、五時を過ぎた。私はひっそりと、「帰ります」と言った。所長は目をあげ、「もう五時か」と言って、頭を掻いた。彼の癖らしい。困ったように笑った。その顔は、あまりに疲れていた。

「平田さん、お疲れ様。今日はなんか大変だったね。来週からも宜しく」

　明日は土曜日だ。私は土日休みだ。しかしながら、他の人たちは全員、対応に追われている。きっと明日も明後日も出社するのだろう。

　何かを言わなければならない気がして、私は声を絞りだした。

「あの、気を落とさないでください。ご家族も心配するでしょうから」

「うん、ありがとう」

　私はドアを出て、出入り口に向かって歩いていく。ビルのホールで、後ろから追ってきた女性スタッフが私を引き留めた。

「ごめん、平田さん」

「はい」

「お疲れ様！　あのね、私が言うのは違うんだけど、実は所長、ご家族を亡くされていてね。あの家族写真は、所長が言うまでは、できるだけ触れないであげてほしいの」

「そう……だったんですか……。すみません、知らなかったとはいえ、余計なことを」

「ううん。仕方ないよ。所長は、普段は大丈夫なんだけど」

どうやら所長は、私が言った「家族が心配する」という言葉に思うことがあったようだ。私が退所したあと、机に突っ伏して泣いてしまったらしい。女性スタッフに続いて、残りの男性スタッフふたりも、仕事を置いて事務所を出てきた。ひとりで泣かせてあげるという気遣いらしい。

「平田さんもこれから夕食だよね。私たちも食べに行くから、よかったら一緒にどう?」

細い路地を歩きながら、私を誘ってくれた。すぐ近くに、行きつけの中華屋さんと洋食屋さんがあるらしい。小雨《こさめ》がぽつぽつと降り出していた。

「せっかくのお誘いなんですが、今日は両親と食事に行く約束で……」

私はいつも使う嘘《うそ》を吐いた。いつからだろう、廃業に間に合いそうだったとしても、私が誘いにのらなくなったのは。

「そっか、急にごめんね。また歓迎会するからね」

私は三人と別れ、ホテルのほうへ向かう。ホテルの部屋に着いて、カードキーを壁に差すと明かりがつく。日が落ちて暗くなりつつある窓からは、オフィスビルの明かりが見えた。窓ガラスには水滴が吹きつける。雨垂れとなって落ちていく。雨が強くなっている。

――やっぱり、下手な慰めなんか言わなければよかった。

あの人は家族を失った上に、会社まで失ってしまう。他の人たちも、職場を失う。

……それがどうした。あの会社を潰すために、大枚をはたく人もいるのだ。相当な金額が動くと聞いている。

　私はこれまで、私が壊していくものたちに何の感情も抱かないように努めてきた。目をそらし続けてきた。私には関係がないと。私はただ、紹介される会社に勤める。与えられた業務に粛々《しゅくしゅく》と従事する。それだけでいい。何なら一所懸命働いているくらいだ。

　だいたい会社の行く末がどうなるのかなんて、本当なら神様にしかわからない。一カ月以内に廃業するなんて、すべては偶然かもしれない。私の十五年。潰れた会社を数えるのをやめたなんて嘘だ。全部全部覚えている。

　目をそらし続けなければ、私自身の生活が成り立たないんだから、仕方ないじゃないか。こんな力なんていらなかったって思ったって、手放せないのだから。たとえ利用されたって、縋《すが》るしかないじゃないか。誰だって自分の身が一番可愛いものでしょう。生きていくためにはこの方法に縋るしかなかった。

　たとえどんなに優しい人がいる職場でも、私は自分を優先するしかない。生きる術《すべ》なのだから仕方がない。だから必要以上に関わり合いになってはいけない。大切にしたい人ができてはいけない。私は、その人の居場所を壊すことになるのだから。

　罪悪感と折り合いをつけることにも、慣れていたはずなのに。

　壁に備え付けられているひとり掛けのテーブルで、私はノートパソコンを開いた。メールを開け、新規メールを作成する。題は『退職希望』とする。

『平田です。今の派遣先、辞めたいので辞めます。』

私はそのように書いた。書かずにはいられなかった。

私は、会社からの給与とは別で、お金を受け取っている。今回も、前金として相当額をもらっている。それは確実に返金だろう。それでも、何も知らずに私を受け入れてくれた人たちを助けたいという思いは、溢《あふ》れて止められなかった。

自分から辞めたいと言い出すなんて、責められるかもしれない。途中で投げ出すなんて無責任だと、叱られるかもしれない。そういえば、自己退職は初めてだ。一回くらいは許してくれるだろうか。自分の意思で辞めることもあるだろう。これだけ会社を渡り歩いているのに、皮肉のように感じられる。

辞めたいので辞めます。

私は、会社を辞めたかったことなんか、一度もなかった。十五年間ずっと、どこへ行っても、どの場所でも勤め続けたかった。嫌なことも、いいことも、全部同じ場所で味わってみたかった。しかしかなわない。絶対にかなわない。

今まではどんな時間にメールしても即座に返信があったのに、翌朝になっても、メールの返事はなかった。

七

土曜日。

しとしとと降り続く長雨の中、私は派遣先のデザイン事務所に向かった。昨晩、派遣元の担当者には辞意をメールした。しかし休日だからか回答がない。このままでは、担当者が所長に伝えるのが週明けになってしまう。

早く辞めたい。一分一秒でも早く辞めなければならない。辞めれば呪いが止まるかどうかはわからない。しかし続ければ潰れる。間違いない。念のため退職願を書いた。書式も内容もこれで合っているのか。わからない。いつも会社のほうが先になくなるせいで、退職願は初めて書いたからだ。便箋《びんせん》を入れた封筒の表書きに「退職願」と書いたらもういてもたってもいられず、ホテルを出た。

傘を少し細く畳んで、隣のビルの壁をこすらないようにしながら、ビルとビルの隙間を進む。ポーチに大木さんがいた。所長と大学が一緒だったという、取引先の営業だ。彼も今来たらしい。スーツ姿だ。今日も仕事なのだろうか。仕事のトラブルでもあったのだろうか。屋根のあるホールで、雨に濡れたビニール傘を畳んでいる。

やってきた私の姿に気づいた。

「あれ、新人さん。どうしたの。今日、土曜日なのに」

「……事務所を辞めに来ました」

大木さんは、さほど驚かなかった。

私は気づいていた。

――私が入社した一昨日、私が新しいスタッフだと、この人は真っ先に言い当てた。事務所のメンバーではなく、取引先の営業なのに。それは、所長と親しいから話を聞いていたとも考えられる。しかし、もうひとつの可能性も考えられる。この予感は、きっと的中する。

私はどのように切り出そうか迷っていた。口を開いたのは大木さんだった。

「散々な一日だったって、所長から昨日電話があってね。あいつが泣き言を言うなんて滅多にないからさ。家族が死んだときくらいだ。……『疫病神』って呼ばれているんだってね、すごいね、効果抜群じゃないか。半信半疑だったけど、てきめんで驚いたよ。どうして俺が、あいつを潰そうとしてるかって?」

彼は私の問いを先回りした。でも、私にはなんとなく理解できる。

彼は所長の才能に対し嫉妬《しっと》心を抱き、自分の心に負けたのだ。それが疫病神を依頼した動機だ。私は私という存在をもって企業を潰す。

私たちは共犯者だった。

私が上着のポケットに入れた退職願入りの封筒を見て、彼は手を差し出してきた。

「辞めるなら、渡しておこうか。入って二日じゃ、言いづらいだろう。平田さんのこと褒めてたよ。いい人が入ってくれたって。いきなり辞められたら、あいつもショックだろうし」

私が迷っているのを察して、大木さんは観念したように笑った。

「大丈夫、捨てたりはしない。ちゃんと渡すさ。警戒しないでくれ。もう……いいんだ」

彼の笑みを見れば、嘘を吐いていないとわかる。きっと本当に観念したのだろう。肩を落とし、ため息を吐き、足元を見つめている。力のない笑顔のままで。

私は大木さんに、封筒を渡した。大木さんは、伏し目がちに封筒を受け取った。

彼は顔をあげ、遠い目で雨空を眺めながら言った。

「あいつはさあ、たとえゼロになったって、マイナスになったって、構わないんだよ。身ひとつでここまでのぼってきた奴が、そんな簡単に落ちていくわけないじゃねえか。あんな奴にガムシャラにやられたら、足引っ張るような奴なんか、振り落とされるだけだ。デカい案件に指名されてる。あいつはこれからも一所懸命打ち込んで、絶対に成功者になる。そんなことは、わかってるんだよ。失敗しろ、うまくいくなって、思っちゃ駄目なのかよ」

私は毒だ。どんな健康体だって、毒を飲んだらひとたまりもない。ひとたび体内に入れてしまえば、体を蝕み始める。手足、脳、臓器のはたらきは急速に低下していく。息の根を止めるために、全身に行きわたる。

私は、毒であることをやめられない。たとえ手を差し伸べられても、私はその手をとることができない。でも離れることはできる。生き方を見つめ直そう。そう思う。どんな生き方ができるのかなんて、まったくわからない。だけど、大きな流れにただ身を任せるのではなく、自分で泳いでいかなければならない。

もう人を傷つけることはしたくない。誰かを傷つけるくらいなら、私だけが傷ついていればいい。むしろ、誰かを傷つけることで私が傷つくのなら、誰も傷つけないことが私にとっての救いになるはずだ。

こんな境遇なのはきっと世界で私ひとりだろう。だが、能力に差はあれど、居場所のない気持ちを抱える人はいるのだ。才能がない。自分の希望する世界で生きられない。私のような人。大木さんのような人。そんな人でも生きられる場所はあるはずだ。どこにあるかはわからないけれど。信じればきっと。

もしそんな場所はないんだったら、神様は意地悪だ。私はどこへ行けばいいの。

「だから俺は早々に諦めたんだ。俺じゃ、業界で食っていくのは無理だから。あいつみたいな天才が必死にやっても厳しいんだ。上も化け物だらけだよ。俺なんか太刀《たち》打ちできるはずがない。就職して正解だ。この仕事も面白いし、やりがいがあるんだ。才能よりも努力だ。後悔はしていない。たとえ望んだものとは違っても――」

彼の頬《ほお》が濡れているのは雨のせいだ。口元では笑っていても、心にずっと雨が降っている。私たちが生きている地獄《じごく》は水浸しだ。いつか溺《おぼ》れて死んでしまうかもしれない。しかし私たちはこの雨の檻《おり》から逃れられない。鉄格子《てつごうし》越しに青空を夢見ている、哀れな生き物だ。

大木さんは、両手で顔を覆《おお》った。私に表情を見せないためだ。見られたくないのだろう。笑顔でいられなくなったのだ。私はこの人の気持ちがわかる。痛いほどわかる。彼の声はかすれ、喉《のど》はつかえ、しゃくりあげながら悲痛に叫ぶ。

「どうして俺じゃないんだ」

雨が降っている。雨が降り続いている。

他人にだまされるよりももっと悪いのは、
自分が自分にだまされているのを見ることである。

リュッケルト

アンノウン

U N K N O W N

はるちゃんは逃げ虫だ。

一

はるちゃんのアパートの部屋を見上げると、遮光《しゃこう》カーテンの隙間《すきま》から光が洩《も》れていた。でもそれだけでは、はるちゃんが在宅かどうかはわからない。明かりをつけたまま外出することもよくある人だから。

階段をのぼり、二階の角部屋。部屋は施錠《せじょう》されていた。合鍵を差して回し、勝手に入る。

「はるちゃん、いる？」

ここは、おばあちゃんがはるちゃんに与えたワンルームだ。はるちゃんは甘やかされて育った。はるちゃんは逃げ虫だ。逃げ虫というのは、弱虫で泣き虫でいくじなしで逃げ癖のあるはるちゃんのための造語だ。家族が作った言葉ではないと思う。はるちゃんの家族は、はるちゃんのことをワガママ王子様と呼ぶ。

幼い頃、近所のお祭りとか、ドッジボールとか、子どもたちみんなで力を合わせて頑張ろうと誓うような場面で、はるちゃんだけ面倒臭がって、いつもひとり消えていたのが由来だと思う。誰が作ったのだか知らないが、言い得て妙だ。

はるちゃんはベッドに寝転がって音楽を聴いていた。あたしはベッド横の膝丈《ひざ》の小さいテーブルの傍《そば》に座る。テーブルに置きっぱなしの封書やチラシの上に、コンビニで買ってきた紙パックのジュースを袋からふたつ取り出して置く。あたしが部屋に入ってきたことはとっくに気づいているくせに、こちらを一瞥《いちべつ》もしないし、いらっしゃいも言わない。

「どうして大学やめたの？」

あたしが訊《たず》ねても無反応。絶対、聞こえていないはずがないのに。

「はい、アップル」

はるちゃんはテーブルに置いたジュースを片手で取った。そしてあたしに突き出した。ストローを差せということだ。うんざりしながらもストローを差してあげる。はるちゃんは黙ったまま、そして寝ながら、ジュースを飲む。

「お行儀悪いよ」

って言っても無視。あたしはため息を吐いた。不機嫌なときのはるちゃんはいつもこんな状態だから何を言っても無駄だ。いったい何が原因でご機嫌斜めなのか知らないけれど、理由を聞いたってどのみち理解できないから追及しても仕方がない。

あたしたちは従姉弟《いとこ》だ。同じ学年だけどあたしのほうが半年ばかりお姉さんだし、はるちゃんは昔からこんなんだし、もう諦《あきら》めている。どうしてこんなはるちゃんが好きなのかはわからないけれど、あたしたちは付き合っている。中学生のときからだから、もう八年になる。幼稚園から高校までずっと一緒。

　テーブルに置いたあたしのジュースにストローを差す。テーブルの上に置いたままの封書をチェックする。三井波琉《みついはる》様。はるちゃん宛《あ》てだ。カード会社。すぐさま開けてみる。よかった、ただの生命保険のダイレクトメールだ。安心する。でも油断は禁物だ。

　はるちゃんが生活のために使うクレジットカードは、はるパパの家族カードだ。だから、利用明細などは、実家に送付される。だが三カ月前、クレジットカード会社からの封書が、はるちゃん宛てに届いていたのを見つけた。なんとはるちゃんは、家族カードの利用だけでは足らず、審査の甘いクレジットカード会社で自分名義のカードを作って、百万円ものキャッシングをしていた。何に使ったのだか知らないが、そんなの、大学生で週二のアルバイトしかしていないはるちゃんに返済できるはずがない。おじいちゃんに泣きついて、一括《いっかつ》で返してもらっていた。あれ以来、クレジットカード作成は厳禁だ。だが自分に甘いはるちゃんのことだ、いつかまたやらかすに違いない。そしてその時もきっと、誰かがなんだかんだ言いながらも肩代わりするのだろう。

「これいらないよね、捨てるね」

　返事はない。コンビニの袋にダイレクトメールを入れた。あとで捨てよう。チラシは宣伝広告のようだ。『廃品無料回収』が一枚。『何でも売ります何でも買います』が一枚。近《とう》くの高級分譲マンションが二枚。第一期分譲完売御礼、第二期分譲開始。こういうのが投函《かん》されると、はるちゃんがおばあちゃんにねだる気がする。そしておばあちゃんは買ってしまう気がする。全部捨てだ。コンビニの袋に入れる。

「ねえ、はるちゃん。大学は卒業するって約束だったじゃん」

「うるっさい」

はるちゃんはやっとあたしを見た。睨《にら》んでいる。不機嫌なはるちゃんと会話を続けても何もいいことはないけれど、あたしにも言い分がある。

「大学卒業するのが結婚の条件だったでしょ。忘れたの？」

はるちゃんは、一年浪人して大学に入学し、さらに一年留年している。従姉弟であるあたしたちの結婚は、実は親に反対されていて、結婚したいならふたりとも大学は出ておきなさいというのが、両親たちが与えた条件だったのだ。

その大学を親にもあたしにも一言の断りもなく退学したというのだから、あたしたちはもう結婚はできないんだなと残念に思う。あたしたちは比較的裕福な家庭で育っており、甘やかされてきた自覚がある。家というしがらみをすべて捨てて生きていくことはできない。

あたしは大学こそ卒業できるけれど、他の人たちが就職を決めていく中で、就職先はまだ決まっていない。単純に採用されないのだが、だからといって必死にもなれないのは、もともと専業主婦になるつもりでいたからだ。だけどはるちゃんは浪人して留年して、どんどん卒業が遠のいた上、このたび中退。むろん、働き口はアルバイトだけ。最初に立てた計画はもう立ち行かなくなった。

「そもそも従姉弟は世間体が悪いっていうんだったら、そんなん、大学出ていようが出ていまいが一緒じゃん」

はるちゃんはそう呟《つぶや》いてベッドから起き上がり、いつものジャンパーを羽織った。部屋の鍵と自転車の鍵をポケットに入れたらしく、チャリチャリと金属のこすれる音がする。

「どこ行くの？」

「ひなのいないところ」

ずいぶんな言い草だとあたしは思う。泣きそうになる。悔しいから泣かないけれど。

「また逃げるの？　別にうるさく言ってるわけじゃないじゃん。みんなで約束したこと、はるちゃんがもうやめるのかを聞きたいんじゃん」

はるちゃんは、反論することもなく出ていった。あたしは一粒だけ涙をこぼし、拭《ぬぐ》って耐えた。もういい、嫌いだ。はるちゃんなんか大っ嫌いだ。はるちゃんの逃げ虫！

二

はるちゃんのアパートにいたって、どうせ今晩は帰ってこない。帰ろう。掃除だけしておこうかな。ああ、なんだか理不尽だ。あたしのことも昔交わした約束も大事にしてはくれないのに、はるちゃんの生活の世話をするなんて、理不尽だ。

汚い部屋も、合鍵も、何もかも捨て置いて帰りたい。これでお別れってことで、諦めたい。だけど、もしすぐに帰ってくるんだったら……。まだ話ができる余地はあるのかな。

どうせ帰ってこないとわかっているのに、そんなことを考える。はあ。

あたしははるちゃんが溜めがちなゴミを捨てるべく、部屋のゴミ箱を集めてまとめる。先ほどの封書とチラシ入りのコンビニの袋も入れよう。

コンビニの袋はプラで、チラシ類は燃えるゴミか資源ゴミだ。と、チラシを手にとって、『何でも売ります何でも買います』が目に入った。

何でも売ります、か。いったい何を売ってくれるんだろう。このご時世、インターネットで検索すれば、何でも安く買える。わざわざこんな怪しい会社で物を買ったりしない。お年寄り向けなのだろうか。会社名は『ＧＯＹＯ－ＫＩＫＩ』――御用聞き。御用聞きとは、訪問販売の一種だ。裏口から入ってきて足りないものを訊《き》いてくれる出入りの業者、いわゆる三河屋《みかわ》さんのことだ。

あたしが欲しいものは、はるちゃんとの未来だった。過去形。はるちゃんは大学を出て、ちゃんとした会社に就職して、あたしは主婦で、パートくらいはしてもいいけれど子どもができたら家事と育児に専念する。可愛《かわい》い子どもがいて、それぞれの両親にも祝福される、幸せな未来。売ってくれるならいくら出してもいい。どんなに高くても、一生涯かけて支払ってみせるのに……。

だけどそんなものは売ってはいない。あたしの欲しいものは未来永劫《えいごう》得られないのだ。

じゃあ就職しよう。いい会社に入って働いて、そこで出会った人と結婚するのが合理的だ。

何もはるちゃんじゃなくてもいい。はるちゃんは大学をやめたし、就職するつもりもなさそうだし、あたしと話し合いもしない。帰ってもこない。

あたしって、いったい何なんだろう。あたしの人生って、どうなるんだろう。ずっとはるちゃんと一緒にいたのに、今更他の人といる未来が想像できない。お先真っ暗だ。こんな人生だったら、もういらない。

あたしは携帯電話で『御用聞き』の電話番号を押してみた。すぐに、若い男の人が出た。

『はい、御用聞きます』

「人生に迷って疲れました。どうしたらいいですか?」

まるっきりイタズラ電話だ。だが間違いなくあたしの叫びだった。

『はい、人生ですね。売りますか? 買いますか?』

あたしは沈黙した。

……人生って売ったり買ったりできるものなのだろうか?

「う、売るとしたら、いくらなんですか?」

『年齢、身長体重、容姿レベルを正直に、あと学歴、病歴、自分名義の資産を教えてください』

「二十二歳、百六十センチ、五十五キロ、容姿は……普通と思うんですけど。私立大学在学、病歴は歯医者くらいです。資産は特にないです。実家は裕福です」

『買取価格百万円になります』

あたしは驚いた。自分の人生の、あまりの安さに。

「え、そんなに安いんですか？　どうしてなんですか？」

『容姿は、自己申告の一段階下で計算することになります』

普通と答えたが、ブスと判断されるということか。なんだか失礼だ。唖然《あぜん》としてしまう。

百万円で人生を売っても何の意味もない。その程度のお金を得たって、人生を売ることのデメリットしかない。あれ？　……デメリットって何だろう。メリットもわからないけれど、明確なデメリットも思い浮かばない。

「……人生を売ったあとって、どうなるんですか？　誰かがあたしの人生を生きるんですか？」

『さようでございます』

「今こうして話している本物のあたしはどうなるんですか？」

『買った人の人生と交換です』

「あ、そうなんだ」

まったく存在がなくなることはないのだ。

『二十五歳、百六十センチ五十キロ、容姿普通、公立大学中退、病歴なしの資産なし、毒親のため家族と縁切り状態の方が、人生の購入を検討しています』

売る立場と買う立場っていうのは、客観的にみて、自分より良い条件か悪い条件かなのだろう。購入者によってはもう少し値段の上下があると補足説明があった。だが、交換しても違和感がない程度にする必要があるらしく、前後しても数十万円しか変わらないらしい。

あたしのスペックの場合、ちょうどいい人がいるからぴったり百万円。仲介手数料は、スペックが低いほうが払うという。スペックの高いほうは、お金をもらって人生を差し出し、スペックの低い人生を生きる。スペックの低いほうは、購入代金と仲介手数料を支払い、良いスペックの持ち主の人生を得る。といっても自己資産は、新しい人生のほうへ現金で移動するらしい。

あたしのスペックや人生というのは恵まれているほうだ。両親がはるちゃんとの結婚にいい顔をしないのは、従姉弟だからだ。世間体が悪い。それ以外で友達進路部活勉強、何も強制されたことはない。でもはるちゃんとの結婚だけは許してくれない。

『少し上のスペックの人生を買うこともできます』

そうか、買うほうもできるんだ。

『二十一歳、百六十二センチ、四十五キロ、容姿低。地方国立大在学、病歴なし、資産不明、実家普通です』

「容姿とか身長体重って、交換のときに整形でもするんですか?」

『しても構いませんが、義務はありません。戸籍や住民票などの個人情報、カード類、住む場所、生活圏、その他持ち物を交換するだけです』

「でも会社とか大学とか所属していて、いきなり別人になったら、周りからしたらおかしいですよね」

『はい、ですから、どこにも属していない方しかお取引できません。それまでの人間関係は一旦清算します。原則、一度交換してしまったら、以前の名前を名乗ることができません。交換を秘密にする場合、ご家族とも会えなくなります。別の人生を歩むという事情をご理解いただける家族・友人には、事情をきちんと説明した上で、新しい名義で新しく関わっていくことをおすすめしております。それはお止めしておりません。なお金融資産は移動し、借金がある方は取引前に全額返済していただきます』

借金はない。大学はあと少しで卒業する。就職活動はまだだ。友達はいるけど少ない。家族とは絶対会えないわけじゃなくて、どうしてもの時は会えるだろう。理解してくれる人ならあらかじめ了承してもらえばいいのだ。まあ、秘密にするけれど。

あたしは強欲だ。親に結婚を賛成してもらいたかった。親の援助を期待していたからだ。だけど専業主婦じゃなくったって、正社員で働いて、はるちゃんを支えてもよかったはずなのだ。だけど、それはせずに、自分の人生をはるちゃんに負わせようとしていた。あたしの意識が甘かったのだ。きっとはるちゃんはあたしが重かったに違いない。もともと、面倒臭いことが大嫌いな人なんだから。

できることなら、別人になって、はるちゃんとやり直したい。そうだ、従姉弟じゃなくなるんだったら、それだけでもメリットだ。わざわざ良いスペックを買わなくてもいい。スペックが低いほうの他人になったとしても、はるちゃんと戸籍上の従姉弟ではなくなるだけでも十分なんだ。もしはるちゃんとやり直すことができなかったら、他人として生きていけるほうがいい。だって従姉弟として生きていける自信がない。いつか他の女性と幸せになるはるちゃんを祝える自信がない。あたし以外の女性を大切にするはるちゃんを見たくない。

あたしは決めた。

「売ります、人生」

三

話はトントン拍子に決まった。あたしの取引相手の女性は即座にいろいろなものを準備してくれて、あたしもまた、指示どおりに様々な書類を準備した。大学は卒業しておいてくださいと言われたので、交換する日は卒業後の三月末に決まった。そして交換はあっけなく済んだ。

あたしはそれまでと離れた住所に居を構えることにし、以後親に会わないと決めた。親との連絡はすべて新しいあたしに任せ、どうしても親が会いたいという場合だけ代わりに会うことにした。

彼女は、なけなしの金であたしの人生を買ったらしい。初めて会ったときにそう言っていた。友達もいないし、持ち物は財布と戸籍と住民票だけだという。

あたしは不思議な感じがした。

あたしがあたしである証拠なんか、何もないのだ。身体《からだ》に焼き印が押してあるわけでもなし、身分証なしに死んだとき、誰もあたしをあたしだと認識しない。

死ぬときはどうなるんだろうと思いながらも、そのときはそのときだと思った。

彼女は携帯電話を持っていなかったので、あたしの携帯電話を渡すのみだった。何か困ったことがあるといけないので、あたしは新しい自分名義の携帯電話を後日契約して、架電することを約束した。

喧嘩《けんか》をした日以来、はるちゃんから連絡はなかった。あたしからも連絡はしなかった。

時々彼女に訊いたけれど、はるちゃんからの連絡はないみたい。真新しい携帯電話を手にして、連絡したいという気持ちを押し留めることは苦労した。いつだって連絡したい。衝動的に電話をかけたい。声が聞きたい。会いたい。はるちゃんとこんなに離れていたことって、人生で一度もなかった。喧嘩しても三日以内には仲直りしていたもの。

やっぱりあたし、はるちゃんが好きだ。楽しかった出来事ばかり思い出す。あたしの思い出のすべてに笑顔のはるちゃんがいる。いつから笑顔を見ていなかった？　今思い返せば最後に会った日よりももっと前から、はるちゃんは笑顔がなかった。思い詰めていたのかな。大学のことで悩んでいたのかな。言ってくれたらよかったのに、ひとりで苦しんでいたのかな。あたしに相談しても解決しないって思われていたのかな。大学をやめたら結婚の約束を違《たが》えることになって、きっとあたしに責められるから。だからいつからか何も言えなくなっていたのかな。

はるちゃんの気持ちを訊きたい。あたしたちを前進させるために、あたしが頑張っているんだよって言ってみたい。でも連絡しない。耐える。メッセージアプリの仲が良いときのやり取りとか、喧嘩をしているときの懐かしいやり取りを眺めながら、連絡することだけはやめておく。今じゃない。そう思うからだ。

あたしは新しい名前で、新しい生活を送り始めた。遅ればせながら就職活動を始め、なんとか就職先も決まった。学歴というのは大切だと感じざるを得なかったけれど、それなりの会社に入社できたと思う。働き始めたら忙しくてすぐに日が経《た》って、あっという間に夜でも暖かい時季になった。

ある晩、会社帰りの電車の中で、人混みに揉《も》まれて立ちながら、あたしはとうとう新しい連絡先から、はるちゃんにメッセージを送った。

『久しぶり、はるちゃん。ひなだよ。連絡先変わったから、新しいほうから送るね。就職先決まったよ。頑張ってるよ。会いに行ってもいい？』

送るだけだったのにすごく緊張した。返事がなかったらどうしよう。嫌な想像をしてしまう。この電車に乗り続けたら、案外はるちゃんのアパートは近い。

ちょうど、あたしの前の座席が空いた。あたしはすかさず座り、混雑する車内をぼんやり眺めながら思案する。

行ってみよう。今夜、このままはるちゃんに会いに行こう。話し合おう。もしはるちゃんがまだあたしと話をしたくなかったのなら、そのときこそ本当に諦めよう。あたしは新しい人生を歩もう。

あたしの中で、交換する前の自分とは何かが違っていた。働き始めたからだろうか。全能感というのだろうか。なんでもできるし、受け入れられる気がする。

長年付き合っていたはるちゃんと別れるのはもちろん辛《つら》いけれど、今ならその結果をちゃんと受け止められる。もしはるちゃんがやり直したいというのなら、ちゃんとはるちゃんと仲直りをして、あたしも反省しなくてはならない。

はるちゃんは甘えんぼで、逃げ虫だけれど、あたしも同じように甘ったれだった。はるちゃんを許して、自分も変わろう。あたしばかり辛かった気がしていたけれど、はるちゃんも苦しんでいたはずだから。

電車に揺られる感覚が心地好《よ》い。今のあたしが降りるべき駅は過ぎた。以降、駅に到着するたびに人を吐き出し、新たな乗客がなだれ込んでくる。

うとうとしているうちに、馴染《なじ》みの駅に到着した。はるちゃんのアパートの最寄り駅だ。その頃には、車内は立っている人がちらほらいるという程度になっていた。

あたしは電車を降りた。暖かい夜だった。久しぶりに歩く道は何も変わっていない。いつも立ち寄っていたコンビニに入ろうか。はるちゃんに会ったら、なんて言おう。携帯電話を確認したけれど、あたしが送ったメッセージはまだ読んでもいないようだ。

そうだ、はるちゃんが好きなジュースを買おう。コンビニに入って、いつも買っていたジュースを買う。それから真っ直ぐ、歩いて五分もかからない。

はるちゃんのアパートの部屋を見上げると、遮光カーテンの隙間から光が洩れていた。胸が高鳴った。そして緊張した。そういえば、はるちゃんが在宅かどうかは不確かだ。明かりをつけたまま外出することもよくある人だから。でも緊張する。

アパートの部屋の前に立ったら、緊張は最高潮に達していた。胸がドキドキいっているのが自分でもわかる。震える指でインターフォンを押す。合鍵は持っているけれど、勝手に入るのはよくない。

『はい』

と、ノイズがかった返事があった。あたしは、自分の名前を名乗ろうとして、迷った。最近ずっと新しい名前を名乗っていたし、間違えないように細心の注意を払っていたから、咄嗟《とっさ》に以前の名前が出てこなかった。

深呼吸する。『御用聞き』には、以前の名前を名乗るのはやめてくださいと言われている。でもはるちゃんに新しい名前を名乗っても、事情を説明していないからわかってもらえない。どうしよう。でも声でわかるかな。

まごついているうちに、ドアの向こうで足音が聞こえた。はるちゃんがドアのすぐ傍に来たらしい。なんだか泣きそうだ。鍵を触る音がする。ドアノブに手がかかった気配があって、ドアが細く開いた。

しかし、出てきたのは、はるちゃんではなかった。同年代の男の人だ。あたしの知らない人。はるちゃんがいつも着ていたトレーナーを着ている。

あ、友達でも呼んだのかな。浪人と留年をしているために、あんまり友達付き合いのない人だから、珍しい。数少ない友達も幼稚園から高校まで一緒だったから共通の友達ばかりなんだけど、この人は知らないや。大学かアルバイト先でできた新しい友達かな。

「あ、すみません。はるちゃんいますか？」

あたしは訊ねた。玄関にある靴とか室内の様子を見ても、はるちゃんの部屋だ。引っ越したわけではない……。

その男性は、少し困ったような顔で微笑《ほほえ》んだ。

「はい、はるです。僕は三井波琉です」

何を言っているんだろう、この人。はるちゃんじゃないのに。あたしは固まってしまう。冗談？　初対面の人に？　あ、はるちゃんに何か言われて、仕方なく名乗っているのかな。

「えーっと……」

あたしは困って誤魔化すように笑い、彼も困り顔だった。部屋の奥には誰もいないみたいだった。彼はもう一度言った。

「僕が三井波琉です」

何言っているんだろう、この人……。理解できない。だけど、だけど、あたしの脳裏には、それまでに起こったことの数々が過《よぎ》る。

はるちゃんが突然大学をやめたこと、何に使ったのか最後まで明かさなかったキャッシングの百万円、それをおじいちゃんに一括返済してもらったこと、はるちゃんの部屋にあった『御用聞き』のチラシ――。

最後にはるちゃんと会った日、なんて言っていた？

――「どこ行くの？」

――「ひなのいないところ」

ああ、そうだ。

はるちゃんは、逃げ虫だ……。

シーズナル・マーダー 冬の章

自分の幸福を欲しなければならない。
自分の幸福をつくり出さなければならない。
アラン

SEASONAL MURDER WINTER CHAPTER

気象庁の発表によれば、季節が六つとなって二十年が経過した今年は、平年に比べ、さらに厳しい寒さとなるようだ。

*

あたしの記憶はいつも凍りついている。

——『欲しがり』はおやめなさい。みっともない。

だって、弟はおもちゃを買ってもらったのに、あたしは学校で使う文房具だなんて納得がいかない。姉は新しい服を買ってもらったのに、あたしはおさがりなんて、納得がいかない。

——我慢しなさい。そんなに言うなら、お姉ちゃんみたいに良い学校に行きなさい。

そうか、良い学校に行けば認められるのね。あたし、勉強頑張るね。

言葉どおり、あたしは素直に勉強を頑張った。たぶん小学校で一番の成績になって、先生からも受験したらどうかとすすめられたのだ。お姉ちゃんと同じ中学か、もっといい中学に行けるかもしれないよ。

——ふたりも私立なんて無理。国立は遠いし、公立にしなさい。タダで行けるんだから。

どうして、先に生まれたからって姉ばかり優遇されるの。良い学校に行けるはずのあたしが、姉よりも偏差値の高い学校に行ける可能性すらあるあたしが、どうして行けないの。

――わがまま言わないで。

県で一番の高校に入ったら、あたしが行きたかった中学から進学した人もたくさんいて、みんな凄《すさ》まじい学力だった。次元が違った。それは才能なのか、努力なのか、それとも中学三年間で身についた能力なのか、わからなかった。ただただ羨《うらや》ましかった。あたしは塾さえ行けない。

――お姉ちゃんへの仕送りが大変なの。弟の私立中学の学費も大変なの。だから大学進学するなら家から通える国立にして。

どうしてあたしのときは駄目だったのに、弟は私学に通えるの。どうして姉は仕送りでひとり暮らしができるのに、あたしは家から通わないといけないの。どうしてあたしは塾代も出してもらえないの。

――わがまま言わないで。我慢しなさい。

あたしは勉強した。地元国立大はA判定だった。上位で合格することはあっても、間違っても落ちることはないはずだった。受験日の一週間前に弟が体調を崩し、受験日の前日にあたしも体調を崩した。風邪だった。熱がピークに達していた体に鞭《むち》打って受験に臨《のぞ》み、試験のことは何も覚えていない。今でも覚えているのは、落ちたことだけだ。

滑り止めで受けた私立は合格していた。試験日が違うから、体調は万全だった。滑り止めといっても、それなりの私大だ。ネームバリューがあり、学費以外は国立と遜色《そんしょく》ない。むしろいろんな特色があって――。

――私大なんて行けるはずないでしょう。うちの状況わかっているの？

でも浪人なんて許してくれないでしょう。

――働きなさいよ。お姉ちゃんも社会人として働いているわよ。

大卒で働き始めた姉と比べないで。

――とにかく学費は出せないの。わがまま言わないで！

でもうちの世帯収入では奨学金が出ない。いろんな制度を調べたけれど、どれも要件を満たせない。残念ながら特待生にも届かなかった。親に学費を出してもらえないのに、どこからも助けてもらえない……。あたしの努力も少しだけ足らなかった。

あたしは仕方なく就職した。あたしの高校からは、高卒で就職する人はいない。就職活動の時期はとうに過ぎていたから、地元の零細《れいさい》企業の求人しかなかった。

先生からは、働きながら勉強をして、大学に入るか次の公務員試験を受けるようにと言われて、あたしもその気になって受けていたが――大学に落ちたトラウマからか、試験の日に体調を崩すことが続いて、三回目に落ちたのを機に挑戦するのもやめてしまった。

それからずっと、あたしは地元の零細企業で働いている。

こぼしたのはいつだったか。

あたし、私立中学に行きたかったな。大学にも進学したかったな。国立に落ちたのは仕方ないけど、私大、行ってみたかったなあ。

——だったら土下座してでも頼めばよかったじゃない。泣いて縋《すが》って、どうしても行かせてくださいって言えばよかったじゃない。頼みこめばよかったじゃない。いつも真剣さが足らないのよ。あんたっていつもそう。わがままばっかり。あれが欲しいこれが欲しいって、欲しがりばっかり。

そう言われたときに、心の中にまだあったはずの何かが、凍ったまま砕け散って、なくなってしまった気がする。

＊

そんなときに、親会社から視察に来ていた彼から言われたのだ。親会社の人たちが帰る寸前、彼は給湯室に突然現れた。

あたしは使い終わった湯飲みの茶渋をとるために漂白剤につけていた。

「きみ、いつもすごく頑張ってるね。若いのに気がきくね。来たら資料は全部整ってるから、しっかり管理できるようになったなって思ってたんだけど、今って全部きみがひとりでやってるんだってね」

前任者に言われたとおりやっているだけですよ。

「前任者って山田《やまだ》くん？　山田くんのときはこうはいかなかったよ。きみに代わってからじゃない？　それに、うちの会社でも、言われたとおりできないひとばっかりだよ、内勤の女の子って。きみのおかげで業績が把握《はあく》しやすくて助かるよ」

褒められたことを素直に受け止められるような性格ではなかった。あたしは控えめに笑って、それから、彼に言われた言葉を何度も反芻《はんすう》した。何度も、何度も。

いつもすごく頑張ってる。若いのに気がきく。しっかり管理できている。ひとりで。山田くんのときはできていなかった。親会社の内勤の女の子も言われたとおりにできない。あたしのおかげで助かっている。いつもすごく頑張ってる……若いのに気がきく……。

彼は月に一回来る。以来、挨拶《あいさつ》と業務以外の言葉を交わすようになった。彼に対して好意を持つのに時間はかからなかった。たまたま皆で食事に行く機会があり、その帰りに、ふたりで飲んだ。

「え、あの高校？　同じだよ。大学は？　え、行ってないの。勿体《もったい》ないなあ。そう、家庭に事情があったんだね……。確かに頭いいよね。勿体ないよ。うちに来る？　うちって、うちの会社。親会社。普段、中途採用はしてないんだけど、内勤の子がひとり辞めたんで、新卒を少し多めにって話が出てるんだ。どこも人手不足でね。でも去年の新卒が全員辞めちゃって、中途採用もやってみようって話が出てるんだ」

そんな、あたしなんかに勿体ないお話です。

「そう自分を卑下《ひげ》するものでもないよ。僕が知る限り、あの会社できみほどの裏方はいないし、今日、課長も部長もそう言ってたでしょ。自信を持ちなさい。僕が推《お》すから。あとは、課長がきみを手放してくれるかが問題だね。それに、きみはひとりでなんでもしがちだ。それはよくない。みんなに助けを求めなさい」

自信を持つことはできそうになかった。突然降ってきた幸福な話を受け止められるのには時間がかかった。欲しがってはいけない。欲しがりたくない。

それでも、彼の後押しはあたしが想像する以上で、あたしはまず親会社に出向して、それほど時間をおかずに転籍をした。

何もかもがうまくいった。人間関係も、仕事も、何もかもが想像以上にうまく転がっていった。残念ながら彼とは別の社屋で働いているけれど、時々プライベートで会うようになった。といっても、男女の関係などではなく、ほとんど仕事の話だ。仕事の話はとても楽しく、充実していた。

だがあたしは彼に片想いをしていた。長患《わずら》いの片想いだ。彼には家庭がある。だから一生片想いだ。だがあたしはそれでよかった。他の男から声を掛けられても、その言葉は心に入ってこない。片想いでいい。遠くから見つめているだけでいい。欲しがってはいけない。欲しがりたくない。

だけど、彼がいい。彼だけしかいらない。

＊

その片想いは、本来ならば誰も知らないまま死ぬまで秘めているべきものだっただろう。自分でもそのつもりだった。

だがある冬、冬獄《とうごく》の直前に、納期に間に合わない商品があった。担当の手違いで発送ができておらず、売り出し前日の夕方なのにまだ届いていないというクレームだ。自社のトラックはすべて出払っており、運送会社も繁忙《はんぼう》期のために捕まえられなかった。

あたしと彼は部署が違ったが、ちょうど居合わせた。明日の朝までに運ぶ。急げば間に合う。これから商品を積み込むという彼を、その場にいる人たちが総出で手伝っていた。部署も役職も違う人たちが十人ほど、彼を助けていた。泣いている女の子がひとり交ざっていて、おそらく彼女が今回ミスした子だった。だが誰も彼女を責めたりしておらず、むしろ皆で励まし合って、この失敗を挽回《ばんかい》しようと、ひとつの目標に向かっていた。眩《まぶ》しいほどの団結だった。

営業部に書類を届けに来ただけだったあたしも、会社の倉庫から自前のバンに商品を積み込むリレーの一員となった。参加したいと思うより先に「手伝います」と言い、体が勝手に動いていた。積み込みを終えて、遠距離だから運転手ふたりで行くという話になり、その場にいた人たちの中で運転免許を持っているのは、彼とあたしだけだった。

「一緒に行ってくれる？」

もちろん、ご一緒します。

冬獄迫る高速道路を夜通し走って、遠方まで商品を届けたのだ。外は雪で路面は悪かったが、ふたりきりだと思うと幸せだった。運転を交代しながら、開店直前に商品をおさめ、先方に謝ったら逆に恐縮されて、商品の棚を大幅に拡大するという話までとりつけた。すべてはうまくいき、あとは帰るだけだった。あの帰り道、取引先の店を出て、雪が残る駐車場で前を歩く彼の後ろ姿を、切ない気持ちで見つめた。

この人があたしのものになることはない。欲しがってはいけないし、欲しがりたくもない。

そのとき、彼は振り返った。あたしは目をそらした。

「お疲れさま。助かったよ。本当にありがとう」

あたしは自分のすべきことをしただけです。

「いいや、自分のすべきことをできるひとなんて、そうはいない。今の部署でもよく頑張っているそうだね。活躍は聞こえているよ。久しぶりだから、打ち上げに食事でもと言いたいところだけど、冬獄が来るから早く戻らないと。明けたら、どこかに食事に行こう。なんでも奢《おご》るよ。何が食べたい？」

空を仰ぐと雪雲の隙間《すきま》から光が洩《も》れていた。一月三十日のことだ。

季節は六つになったといわれている。春夏秋冬にくわえ、真夏の熱波日《ねつぱび》が獄暑《ごくしょ》と呼ばれ、冬の吹雪《ふぶき》の三日間が冬獄と呼ばれる。二月一日頃から三日間にかけて、全国は横殴りの雪と氷に包まれる。

その帰り道、エンジントラブルと豪雪のために立ち往生してしまい、くわえて、冬獄が天気予報より二日も前倒しになった。帰りが間に合わず、あたしたちは会社に着くはずだった夜遅く、高速道路のサービスエリアで、冬獄を迎えた。

冬獄の前倒しのせいで、サービスエリアは混雑していた。少しの距離でもいいから帰れないかと車を動かすのを試みても、猛烈な吹雪のために横転が危ぶまれた。無事にこの三日間を生き延びなければならない。

幸いにして、サービスエリアにはその場にいる人の三日分の食事はあり、あたしたちは遠距離を走るために何度か買い物をしていたので、水や食料には困らなかった。吹雪はひどいものだが、一切外に出られないというほどではなく、サービスエリアの建物と車を行き来して、食事をしたりトイレに行くことはできる。トイレには簡易シャワーさえついている。着替えこそないが、三日間同じ服を着ていたからって死ぬ人はいない。

　あとは夜をどう過ごすのかだった。治安の問題があり、屋内での寝泊まりは避けてほしいとアナウンスがあった。サービスエリアでは毛布の備えがあり、車一台につき一枚の毛布が提供された。車で寝るには、車のマフラーが雪で埋まらないように定期的に掘り出さなくてはならない。

　冬獄の際、車で立ち往生した場合の教えは、再三注意喚起されていた。きっと乗り切ることができるだろう。あたしは楽観的だった。帰り道に、帰りたくないなあと思った願いを神様が叶えてくれたのだとすら思った。好きな人と、三日間を過ごすことができる。この三日間だけは、彼を独り占めできる——。

　だが彼は大変困っているようだった。

「どっちかが他の車に泊まらせてもらえるよう、頼んでみるよ」

　彼はそんなことを言い、車を出ようとした。

　あたしは別に構いません。

　そう答えると、なおさら困っているようだった。

「あのね、きみは女の子なんだよ。きみが構わなくても、僕が困る……」

　そのとき、あたしは彼に女性として意識されていると知った。少し年が離れているし、これまで仕事の話しかしてこなかった。可愛《かわい》がってもらっているとは思っていたが、異性として意識されたことは、ただの一度もなかった。あたしの片想いだった。彼はあたしを嫌いではないだろうけれど、かといって女性として好きだという感情はないだろう。ただ、この三日間を過ごすにあたって、肉体が異性だから困っているだけだ。

彼はドアを開けようと手をかけた。外は猛吹雪で、車の中は暖房がきいていた。後部座席は広々とフラットにしてあり、商品を積み込むために緩衝材や断熱材がはいっており、エンジンを消しても毛布にさえ包《くる》まっていれば寝られる。

ただしその毛布はたった一枚しかない。シングルの毛布たった一枚。あとはそれぞれが着ている防寒具だけだ。この防寒具さえ着ていれば、そのままでも眠ることはできる。

だが体はぬくもりを求めるだろう。すぐ傍《そば》にあるぬくもりに手を伸ばすだろう。あたしたちは男女だったのだと、あたしも初めて知ったみたいに思った。

あたしは彼の腕に手を伸ばした。

「困らないでください。あたし、構いません」

そしてあたしは想いを遂げた。

それが恋の始まりだったのか、それとも終わりだったのかはわからない。

*

――『欲しがり』はおやめなさい。みっともない。

母親の声が耳によみがえる。

あたし、何もかも欲しいわけじゃないの。今まで、欲しいものが手に入ったことなんかない。彼だけが欲しい。でも、彼のことは、手に入れたいとは思わない。だって別に結婚なんかしなくったって、傍にいられたら十分だ。

だからこの想いは本物だ。形にこだわる必要はなく、ただ気持ちだけがある。これを本物といわずして、何を本物といえるだろう。本当に愛しているなら、将来の保障がなくったって不安になんかならない。形式にこだわるのはむしろ二流だ。

一番目が本妻で二番目が愛人だなんて誰が決めた？　あたしはそんな価値観の中で生きていない。もちろん、あたしの考えが多数派ではないとわかっている。だが正解などどこにもない。結婚というシステムだって、人間が考えだしただけのものだから。いわば固定観念だ。

だが彼は、あたしを愛人とすることに後ろめたさがあるようだった。責任をとりたいと言った。だがとれるはずがない。責任をとってほしいとは思わない。好きな人と一緒にいるだけで、あたしは幸せだから……。だが彼はあたしの価値観は理解できないようだった。

いつだって、「誰か好きな人ができたり、結婚するのなら、そのときは送り出すから、言いなさい」と言った。あたし、彼以外に傍にいてほしい人なんていない。彼といられないのならば、ひとりでいるほうがずっといい。怖いのは、想いが一方通行に戻るときだ。

もう片想いには戻れない。

彼の妻と、一度だけ電話越しに喋《しゃべ》ったことがある。疲れた女の声だった。彼と同い年で、ずっとよそで働いているらしい。彼は家庭のことはあまり話したがらない。あたしが知っているのは、子どもがいないことくらい。

——いい加減、別れてもらえませんか？

『あたし、別れるつもりありませんから！』

そう言った。私大に進学したいと親に土下座する以上の気持ちで言った。彼女は絶句し、電話は切れた。

そんなに嫌なら、彼女が彼と別れたらいいのに、彼女もまた彼と別れたりしない。それは世間体が悪いし、なにより、今の生活レベルを落としたくないからだ。

離婚したら彼女は彼女の収入で生活しなければならない。到底、現在のような贅沢《ぜいたく》はできないだろう。贅沢どころか、食うや食わずに違いない。だから手放せないのだ。彼女はあたしと違い、ひとりでは生きていけない女だった。

だったら、彼に他に女がいることくらい、許容すればいいのに。そう思う。どのみちいずれ彼が死ねば財産は彼女のものだ。家も貯金も添い遂げたという事実も。あたしから奪った二百万円の慰謝料もある。

あたしは彼の財産も収入も何もいらない。世間体だっていらない。彼と一緒に過ごす時間だけがあたしのすべてだから。身ひとつあれば生きていける。やっぱりあたしたちは本物だ。彼の夫婦関係こそ形骸化《けいがい》しているだけの偽物《にせ》だ。

彼の子どもは三回おろした。一度目は産めないとわかっていたからひとりで決めてしまい、二度目は念のために彼に相談し、三度目はもう一度ひとりでおろし、彼には事後報告をした。

彼は苦しそうに、妻とは不妊治療の末に諦《あきら》めたという経緯があると言った。それなのに、愛人に子どもができたといえば、問題になるどころの騒ぎではない。事情はわかるが残念だった。

やりきれないけれど、あたしも産めはしない。仕事を休むことになるし、男っ気のないあたしがひとりで産めば、それはそれで噂《うわさ》が広まる。父親の名前を言わなければ、当然社内の男性が疑われる。

そうなれば、彼の名前が挙がるだろう。事実関係を問われて、頑《かたく》なに否定できるだろうか。そして信じてもらえるだろうか。もし一分でも隙を見せれば露見する。会社の上層部が許すとは思えない。彼の出世に響く。あれほど仕事に邁進《まいしん》し、会社のために貢献してきたというのに、こんなスキャンダルで……。家庭を壊すことなんか何も怖くない。彼が生きがいをなくすほうがずっと怖い。

だからといってあたしひとり会社を辞めて産むことはできない。辞めたら生活できなくなる。転職はできない。だから子どもは諦めた。あたしは彼と一緒にいられたらいい。

それでも、年に二度、獄暑と冬獄という死の危険性を感じる場面をやり過ごすその三日間のうちに、自分はいったい誰と死にたいのかを考えてしまう。彼と過ごしたあの冬獄の三日間は、死の危険に直面していたが、幸せだった。今なら死んでもいいと思えたのだ。ひとりで過ごす三日間は、いつも『このまま死んだら後悔する』。特別な季節をひとつひとつ乗り越えるたびに、想いは確信に変わる。

今年の獄暑、あたしは彼と過ごした。彼の家で過ごした。幸せだった。

欲しがりたくない。欲しがってはいけない。

そう念じていたけれど、これ以上心に嘘《うそ》を吐けない。

獄暑の彼の家では様々なトラブルが起こった。何度も停電になったし、エアコンは壊れるし、本当に困った。一度目の停電が起こったあとには、万一の停電に備えて冷凍庫で氷を作り、浴槽に水を張っておいた。そのあと、トラブルでまた水が止まったけれど、溜めておいた水でやり過ごして、なんとか三日間を乗り越えた。

熱波が過ぎ、暑い外に出たあとにふたりで買い物に出かけ、ふらふらになりながら歩いた。彼が前を歩く、その後ろ姿を眺めながら、遠方に商品を届け終えたあの冬の日の背中を思い出して目が眩《くら》んだ。

一緒に死にませんか。死ぬときは一緒にいませんか。

そう言える立場になりたい……。

＊

ひとりで暮らし始めてからは、彼と過ごせる時間が増えた。でもひとりで過ごしていると寝られなくて、彼といるときだけ眠ることができる。彼の腕の中で、あたしは幼子《おさなご》のように眠る。

「顔色が悪いよ。眠れてないの？」

そう、普段はどうしても寝られない。深酒すれば翌日に響くし、会社の人にばれてしまう。だから、薬で眠るようになった。だるいような眠さだ。

大丈夫、こうしていたら、眠れるから。

あなたの腕を枕にできるなら、どれほどうるさい高架下でだって眠れる。

願わくは、眠ったまま醒《さ》めないでいたい。

冬は深まり、もうすぐ冬獄だ。いつかあたしが自分で死ぬとしたら、薬をお酒で大量に飲んで、吹雪の中に飛び出していったら、すぐに遂げられる。死が身近にあることは、あたしにとって救いだった。でも今は幸せだから大丈夫。

「今度、誕生日だろう。何が欲しい？　何かプレゼントを買うよ。買い物には行けないけれど、届けさせるよ」

欲しいものなんか何もない。こうしてふたりきりで過ごせたらそれでいい。だから、あたしが欲しいのはあなたとの時間に違いない。

「そんな無欲なこと言うなよ」

彼は目を細め、あたしを抱きしめた。なんだか、悲しい抱擁《ほうよう》だった。彼は耳元で呟《つぶや》いた。

「支社に転勤になった」

支社は、京都と名古屋《なごや》、札幌《さっぽろ》と北九州《きたきゅうしゅう》にある。いずれも新幹線か飛行機の距離だ。

「役員になるんだ」

それは彼がもっとも望んでいたことだった。どうしよう、お祝いなんて想定していなくて、何も用意していない。食事だってごはんにみそ汁に焼き魚だ。

「三年は戻れない」

彼は引っ越してしまう。あたしはこの場所から動けない。でも大丈夫、週に数回は電話をするし、毎日メッセージを送信するし、なんなら毎週だって会いに行く。今までと変わらない。変わるのは、社屋で見かけなくなるくらい――。

抱擁が強すぎて、彼の顔が見えない。

「妻も引っ越すんだ。初めて知ったよ、この関係が妻にばれていたって」

あたしは言葉を失った。

彼女は、彼に告げたのか。不倫関係を知っていると。秘密にし合うという約束をしたわけではないけれど、話しはしないと思っていた。

「妻に言われた。これ以上不倫を続けて他人の一生を棒に振るというのなら、もう私と別れてくれと。もういい加減、どちらでもいいから、どちらかを解放しろと」

あたしは腰が抜けて、床に座り込んだ。

「君はまだ若い。君には君の人生がある」

彼が選んだのは、妻との関係継続だ。解放されるのはあたしだった。唯一眠ることができる腕の中から、誰も助けてはくれない場所に放たれる。それは恐ろしい予告だった。死地に向かうようなものだ。彼のいない時間にひとりきりでいられるのは、彼といる時間があるからこそなのに。

「いつまで？」

あたしはそう訊《たず》ねた。あたしが幸せに眠れるのは、いつまでなのだろう。

「冬獄明けから」

今週末、吹雪の三日間が来る。その三日間が明ければ、さよならだ。

「冬獄、一緒に過ごせない？」

「……わかった。なんとかする」

彼は約束してくれた。

「あたし、わがままかな」

「いや、僕のわがままだったんだ」

その日から冬獄までのあいだ、あたしは薬を飲まずに過ごした。眠れない夜は、眠らないことにした。ふらふらになって、顔色が悪いと言われたけれど、心は落ち着いていた。

そして迎えた冬獄は、予報どおりの日程だった。

「家の人に、なんて言ってきたの？」

暖かいリビングのソファで休む彼にお茶を入れてあげながら、あたしは訊ねた。

午後七時を過ぎて、外は猛吹雪となっていた。今日は午前中に仕事が終わり、午後から休業だった。凍《い》てつく夜をやり過ごすために、それぞれが息をひそめて家にこもる。

「会社のビルの管理人が急病で、泊まり込みになるって言った。おそらく、ばれてるけど」

それでも妻は送り出したのだ。彼が妻に、あたしを切ると言ったからだった。

ゆっくりとお茶を飲んでいる。

「忙しくて疲れたでしょ」

訊ねると、彼はこっくりと頷《うなず》いた。瞼《まぶた》が落ちてくる。

あたしはこれから、「お風呂に入って、寝ちゃったら？」と言うと決めている。台本どおりの筋書きだ。きっと彼は、「うん。そうさせてもらうよ」と答えるだろう。

あたしは、彼を風呂に促《うなが》す。浴槽には湯がはってあり、彼はゆっくりと湯船に浸かるうちに、眠ってしまう。彼が深い眠りにつくまでのあいだに、あたしは強いお酒を飲む。溜めておいた薬とともに。

あたしは浴槽の湯を抜いて、浴室の小窓を開ける。吹雪が吹き込んでくる。あっという間に凍てつく。暖かく濡れた浴室はすぐに凍りつくだろう。

彼は氷に浸食される世界で眠る。あたしは彼の眠りを見届ける。そして、あたしは薄着《じ》のままでドアを開けて外に出る。そこには温かなものなど一切ない。生命を奪う白銀の地獄《ごく》が広がっている。

願わくは、凍った体が砕け散って、何もなくなってしまえばいい。この恋も、季節性の殺意も、なにもかも、誰にもわかりませんように。消えてなくなりますように。

イン・ザ・クローゼット

There is no place like home.
英語のことわざ

I N T H E C L O S E T

一

真っ暗な天井を見上げると、そこには冬の星座が広がっている。シリウスにプロキオン、一等星のベテルギウス、冬の大三角。リゲル、アルデバランに遠い星の集まりのすばる。カペラ、カストル、ポルックス。オリオン座、おおいぬ座、おうし座、ふたご座。青い、白い、薄オレンジの光……瞬《またた》いている……。

床はガラス張りだ。展望台のガラス床のように下が透けている。水族館みたいにしたくて、優しいブルーを灯《とも》すことにした。青い光は暗闇《くらやみ》の中で、心許《もと》なくゆらゆら揺れる。

ガラスの下には海岸で拾った貝殻《かいがら》。巻貝、二枚貝。瑠璃《るり》色のルリガイ、サクラガイ、模様入りのカズラガイ、真珠のアコヤガイ。てらてらと虹色に輝く。偽《にせ》物の海に、魚の骨格標本が泳いでいる。珊瑚《さんご》と白い砂を敷き詰め、くらげが浮かぶ。ゆらめいている。足元を見つめていると私は海の底にいる。静寂……。

ソファは背もたれが広くて座り心地が良い。無垢《むく》材のテーブルは奥行きと幅があり広くて贅沢《ぜいたく》だ。猫脚《ねこあし》のアイアン。造り付けの棚には、スノードームを飾ってある。雪の国のもみの木。きらきら舞う雪とスパンコール。行ったこともないのに、北欧の凍《い》てつく空の下にいる。息をすると肺が痛いほど冷たい。

書架にはマザーグースの豆本、ミュシャの画集、ターナーも好きだ。マネ、モネ、ドガ、ルノワール、セザンヌ、ゴッホ、ゴーギャン。

観光地のおしゃれな絵葉書。パリ、ジュネーヴ、ロンドン、プラハ、フィレンツェ、ローマ、ドゥブロブニク、ザグレブ、アテネ、ブダペスト。地中海にエーゲ海、ティレニア海、黒海、カスピ海。きっと海の青はそれぞれ違う色をしている。空の青もきっと、すべての街で違う色をしている。

書架には他に、木製ドールハウスをいくつも置いてある。ガラス張りの植物園、静謐《せいひつ》な美術館、街角の仕立屋、カフェ、ブーランジェリー、パティスリー、マルシェ。本屋、時計屋の工房、歌劇場。世界を凝縮しているそれぞれを眺めているとき、私は物語の旅人になる。

架空の街で……植物の呼吸に包まれる。古い美術品の数々を観て歩く。仕立屋で採寸をしてもらう。夕食のためのフランスパンを買う。フォレノワールを包んでもらう。新鮮な野菜、フルーツ。週末に読む本をしこたま買い込む。修理に出していた時計を引き取る。歌劇場を覗《のぞ》き込む。今宵《こよい》の演目を確かめる。ここは石畳の街……。木々に囲まれるアパルトマンに戻る。目下に広がる街並みを見渡す。フォレノワールを食べる。キルシュの香るシュバルツヴァルトのチェリー、ココアスポンジと白いクリーム、チョコレートのコポーがぽろぽろとこぼれる。

時計の音が気になるから、ここにある時計はすべて針が止まっている。時を止めた街。時を刻むことをやめたアンティークの時計たち。Ⅻ、Ⅲ、Ⅵ。振り子もある。鳩《はと》もいる。ふくろうもいる。兎《うさぎ》は走る。鉱物の塊《かたまり》。お気に入りの本、香水の瓶《びん》。ブリキのおもちゃのメリーゴーランド、ステンドグラスのペン立て、ジュエリーケース、地球儀に天球儀。カレイドスコープ、今宵の舞台を観るためのワインレッドのオペラグラス。

「ご主人様、お茶をお持ちしました」

ノックの音がして、折れ戸が開く。細い隙間《すきま》からクラシカルな制服を着たメイドが顔を覗かせる……制服は午後専用の濃紺《こん》……膨らんだ袖《そで》……真っ白のエプロン。レースの袖口……カフスボタン……。レースのキャップ。清潔で、上品で、愛すべき我がメイド。銀色のトレーに載せた茶器から漂う紅茶の香り。茶菓子はフロランタン。焼きたての香りがする。彼女のお手製だ。丁寧な所作でトレーから茶器を持ち上げる。音ひとつ立てない。

メイドといっても、七十代の日本人女性だ。しかも醜《みにく》い老婆《ろうば》だ。

そしてご主人様といっても、私は三十代の日本人女性だ。

「ありがとうございます」

光が入ると、いきなり現実の世界が広がる。新しい空気が入ってきたために肺が喜んでいる。狭い空間に長時間居てはいけないといつも思う。思うけれどもつい居すぎてしまう。

そうだ、空気を循環させるシステムを考えよう。扉を開けなくてもいいように。私が好きなものを詰め込んだここは、ただのクローゼットなのだから。扉を開けたら、現実に引き戻されてしまう。

二

クローゼットは、私のシェルターだ。

昔住んでいた築四十年の狭い実家の二階には、造り付けのクローゼットがあった。それはベニヤを貼った何の変哲《へんてつ》もないクローゼットだったが、その古い家にあるにしては大きさだけは立派なもので、大人ふたりが立って入れるほどもあり、真ん中で二段に分かれていた。ただし、普段使いにはされておらず、不要なものを詰め込んであった。着なくなった衣類はもちろん、捨てる日のわからない家電……壊れたかご……穴の空いたバケツ……折れたモップ……そういう行き場をなくしたものたちだ。

その下段に膝《ひざ》を抱えて入り込むようになったのはいつ頃だったか……。父はよく母を叱っており、その怒鳴り声が聞こえない場所を必死で探して……、やっと辿《たど》り着いた安息の地だと思う。両手で耳を塞《ふさ》ぐともう何も聞こえない。宇宙の中で浮かんでいるように……。

そこは古い服のにおいに満ちている。不用品たちが私とともに息をひそめている。役目を終えた彼らと身を寄せ合い、慰められる……。私もまた行き場をなくした不用品なのだろう。私は……まだ何もなしていない……役目を終えたどころか始まってすらいない……だけど何をなすために生まれたのかわからない……。息苦しくて時々細く開けながらなんとか眠る。身体《からだ》が大きくなってしまい、クローゼットに収まらなくなるまで、ずっとそうやって時間を過ごしてきた。

やがて父が死に、母が死んだ頃には、私はクローゼットの存在自体を忘れていた。生まれたときからそこで育ったわりに思い出らしい思い出のない実家を売却して得たわずかな金で、私は逃げるように旅に出た。

誰にも追われていないのに、どこにもいられない気がして、どこにも定住できなかった。あっちへお行き……、こっちへお行き……、追われるように、逃げ込むように、ある古いマンションに辿り着いた。そこは何の変哲もない鉄筋コンクリート造りのマンションだ。

ひとつだけ特徴的なのは、大きなウォークインクローゼットだ。おしゃれな女性建築士が服や靴、鞄《かばん》などをたくさん収納するために設計したらしい。ちなみに料理には興味がなかったらしく、キッチンのほうが狭い。

そのウォークインクローゼットを見たとき、私は昔、実家のクローゼットに逃げ込んでいたことを思い出した。ずっと忘れていた。記憶を封印していた。何がきっかけであそこから出てこられたのかわからないけれど、間違いなく私の居場所だった。なんだ、こんなところにあったのだ。私は折り戸を開き、がらんどうの室内に入る。

そして私は二坪のウォークインクローゼットを書斎と定め、好きなように作り替えることにした。鳥や蜂《はち》が軒端《のきはし》に自分の巣を作るために、羽毛、獣毛、枝、樹皮、枯れ葉を集めるように、私は私のための温かいものを集めましょう。私を温めてくれるものは何だろう。私を守ってくれるものは何だろう……。

眺めているだけで癒《いや》されるもの……心をくすぐられるもの……好奇心が湧いてくるもの。きれいな色……いつか見てみたい景色。足元から天井まで、大好きなものに満ちていたらいい。どこにも嫌いなものがなく……不愉快な景色はなく……隅《すみ》から隅まで大好きなものがあればいい……。

三

私はクローゼットの中で小説を書いている。スマートフォンが普及する前、ガラケーが全盛だった頃、ケータイ小説と呼ばれる小説が流行した。私は教室でも廊下でも通学路でも電車の中でもどこでもずっと書いていた。そのうちに書籍化することになり、世に出るようになった。それからも、ずっと書いている。何かに追われるように、逃げるように書き続けている。書くこと以外に友達はいない。

当初こそ女子高生が主役の純愛ものを書いていたのだが、やがて官能的な小説に路線変更した。若い頃は性的なシーンを書くことに抵抗があったのだが、今では、濡れ場抜きではリアルな恋愛を書けない。そこに想いの切なさや、男女の機微、心の葛藤《かっとう》を見出してしまったのだ。

とはいえ、それればかり書いているものだから、これでいいのかと疑問に感じてしまうことがあるし、そのたびにこれでいいのだと再認識しなければならないし、自分を信じているのか、あるいは騙《だま》しているのかわからなくなっている……。それでも、書く以外に時間の過ごし方などわからない……必要ないとも思っている……。

だから私はクローゼットの中で小説を書いている。

小説を書くだけでなく、私は会社で働いている。大学を卒業して、地元の企業に就職したのだが、実家を出るにあたって一度転職した。以来、そこでずっと働いている。

真面目な顔で電卓を叩いたりパソコンに入力したり電話をかけたり出たりしながら、周辺で働く人々を観察している。給料や社会保障を得るだけでなく、人間を観察できる環境はとても貴重だ。

上司や同僚はたくさんいてもいいし、少人数でもいい。女は三人いればかしましいし、男は閾《しきい》を跨《また》げば七人の敵がある。時にぶつかるのも利害が一致して肩を組むのも、集団心理も個人主義もとても興味深い。人はどれほど残酷《ざんこく》になれるのか……利己的な存在か……案外善性の生き物なのか……。知れば知るほど面白い。

社長や部長が怒鳴り散らしていたらまるで叱られる当事者のように聞きに行く。一言一句聞き逃さないよう、何ならメモでも取りながら拝聴したいと思う。

社会に生きる大人が感情任せに本音をぶつけるだなんて、そんなシーンは貴重な試料だ。ぜひ彼らの表情の歪み、声の調子、段階的に上がっていくトーン、感情の移り変わり、咳《せき》払い等々を収集したい。叱られた部下がくさくさしながら愚痴《ぐち》をこぼし合う場面に居合わせることができれば最高だ……。想像力を駆使するのみでは得られない情動がそこにある。

私が小説を書いていることも、ネタとして観察していることも、周りの人は何も知らない……。

だが、会社の仕事のほうが段々忙しくなってきた。転職して五年ほど経《た》って、責任の重いプロジェクトに関わるようになったら残業も増え、土日出勤をする程にもなった。だからといって、情報収集ができる会社は辞められない。だが小説を書く時間は必要だ。会社で忙しいと、あまり小説の内容を考えることができない。暇なら、いつまででも人間を観察して、小説のネタを考えることができるのに。

家事もしなければならない。食事も作らなければならないし、洗濯をしなければ服がなくなってしまう。東の窓と西の窓を開けて風を通したい。布団には太陽光を当てたい。シヤツにはアイロン掛けが必須だ。一週間に一度は掃除機をかけなければ、髪の毛が集まって埃《ほこり》と絡み、新しい生き物のような塊が生まれてしまい、排水溝は詰まる。絨毯《じゅうたん》には食べかすもこぼれるし、お皿も洗わなくては。窓際のサボテンに水をあげて、ゴミ出しをして、買い物をして、ちゃんと食事。ああ。やることが山積みになってしまう。私の身体はひとつしかないのに。回らない……回らない……忙しさに目だけが回る。

そこで、家政婦を雇うことにしたのだ。

四

初めて来た人は、四十歳の女性だった。掃除、洗濯、夕飯の準備をしてもらうことにした。とても働き者で美人で、ツンと澄ましていた。シミひとつない肌……らんらんと輝いている瞳……たおやかで、エネルギッシュで、美しい。

私はひらめいた。ひらめいてしまった。こんな美女のメイドがいたら、家の主人は放っておかないだろう。主人はこのメイドに手を出すに違いない。書くしかあるまい。

私は、彼女を観察した。よく働く美しい人。少し疲れた顔、野心的に輝きながらも翳《かげ》りのある瞳が、ことさらに美しい。事情がありそうだ。詮索《せんさく》するものではない。秘密のほうがよい。秘密のままが美しい。秘密……人は秘密を暴きたがるものだ……秘密がなければ、人は人に飽《あ》きてしまう。さんざんにその内面を暴きたてることは、花園に無断で押し入り荒らす泥棒のようなものだ……それは凌辱《りょうじょく》……。罪にならない風雅のようでもありながら。

私はつぶさに観察し、メモを取る。

屋敷にはおそらく薔薇《ばら》の庭がある。ガーデナーが丹精込めて作り上げた芸術作品だ。この屋敷の主人には妻子がある。子はもう大きいかもしれない。英国だ。十九世紀末期の英国が見える。ガス灯が明るく夜を照らす、ヴィクトリア朝の時代のロンドン。豪奢《ごうしゃ》なクリスタルパレス……石畳の街を馬車が行く……馬が嘶《いなな》く……子が駆ける……どこからかアコーディオンの音色……。

農村から出てきたばかりのまだ幼い少女は、実家に仕送りをするため、ある屋敷のビトウィーンメイドの職を得る。そこでしばらく働いて、ハウスメイドに転職する頃には、美しく成長する兆《きざ》しがある……蕾《つぼみ》のような……だが主人に手を出されそうになる……この蕾をもっとも美しく咲かせるための美意識を持つ人物の登場を待たなければ……。

奥様やハウスキーパーからは冷遇されてきた……手はぼろぼろになって、やせ細って……それでも美しい。だからこそ美しい。厳しい環境が彼女を強くする……。そうだ、長男が爵位と領地を継ぎ、次男は医者、三男は教師になる……。

私はクローゼットにこもり、パソコンをつけて、メイドと主人、そして息子のロマンスを書く……。

＊

シャーロットの両脚を、恰幅《かっぷく》の良い伯爵の身体が割る。普段は隠れた内腿《うちもも》の白さを、ランプの明かりが柔らかく照らしていた。内腿を嬲《なぶ》る手指は汗ばんでいた。皮膚《ひふ》が突っ張って痛い。指は肉の柔らかさを確かめるように強く開こうとする。

これから自分の身に何が起こるのか、シャーロットはまだ具体的には知らなかった。ただ、自分がそれを知らないことを知っていた。むきだしになった欲望も、驚きや恐怖、得体のしれない期待も、下半身の疼《うず》きも、愉悦も、何もかもこれから知る。これから思い知ることになる。それを知っていた。

支配されることを予感し、シャーロットの身体は恐怖に震えていた。だが彼女の意思に反し、身体は彼にしがみついて、彼の支配を望んでいた――。

＊

小説はできあがり、出版された……。私の思い通りのものとなった……。家政婦は働き、私の生活は以前のように回り始めた。正直、とても助かった。仕事は相変わらず忙しい時期が続いたが、しばらくして落ち着き始め、定時で帰ることもできるようになりつつあった。だが彼女なしの生活はもう送れないと思い、引き続き、働いてもらうことにした。

私はさらに書いた。おかげさまで続刊も書けることになったので続きを書いた。寝ても覚めても……ロンドンを歩いていた。そして〝彼女〟を眺めた。

ほっそりとした背、栗《くり》色の髪。手を伸ばす。摑《つか》む。捕まえるように描く。私のシャーロット。あなたは何を感じているの……。振り返って、こちらを見て。そのはしばみ色の瞳で……。

「知らないほうがいいこともあるわ」

そんな強がりを言って。

会社で起こる出来事をタウンハウスに持っていったり、カントリーハウスに投げ入れる。どんな時代でも似たようなことが起こるものだ……。悪いことも、いいことも。

現実世界の社長のように仮想世界の伯爵を怒鳴らせ、家族も階下の人々もくさくさする。階下というクローズドな世界でも同じことが起こる……。家令とフットマンには上下関係がある。ハウスキーパー……家庭教師《ガヴァネス》は立場が違う。引き出しを開ければ次々とエピソードが出てくる。社会経験があることが生きていた。想像する必要があるのはロンドンの風景だけだが、これだって資料を見ればあらかたわかる。

翼を持つ鳥のように街を飛び回り……どこにでも入り込んで彼らの様子を眺める。考える必要がないほど映像的に湧いてきた。書く速度のほうが足らず、キータッチが乱暴になるほどだった。書く手が追いつかないなんて初めての経験だ……。タッチタイピングができればよかったが、あいにく覚束《おぼつか》ない。一所懸命にキーを打つ。

映像が現実と同じ速度で流れていくので、間に合わせるように書いて、追いつかなくなったら映像を無理矢理一時停止する。とりあえずアウトラインをなぞり、勝手に再生される映像をさらに書き留める。足りない。書き足りない。

＊

黒光りした鞭《むち》を手に、彼は冷たく言い放った。

——言うことを聞かない子にはお仕置きだ。

「申し訳ありません、どうかお許しください、どうかおやめください」

シャーロットは彼の言うことを聞くことは吝《やぶさ》かではなかった。口ではいやだと言っているだけだった。心はすでに完膚《かんぷ》なきまでに叩きのめされ、服従している。それでも拒否し続けるのは、あるいは彼の望みの実現だった。さらにいえば、シャーロット自身が肌を打つ痛みを心から欲しているからに他ならなかった。それは期待だった。これからどのようにされたいか、シャーロットは自覚している。欲している。あの淫靡《いんび》な夜の反芻《はんすう》は、ひりひりとした皮膚の痛みが消えていくまで続いたのだ。

＊

私は創作に溺《おぼ》れた。溺れたといえよう。このような広い水面が私の中に眠っていたことが信じられない。その水の中でいつまでもたゆたっていたい……。溺れて死んでも構わない……。

＊

熱が身体を貫き始める。何度情交を重ねてもこの瞬間だけはいつも慣れないとシャーロットは思った。奥深くまで到達したことは、体内の感覚と、耳元で吐かれる彼の満足げな吐息で知る。シャーロットは自らが完全に埋められてしまったと知った。うねりが起こる。切っ先が何度も何度も、深い場所を開拓するように少しずつ開いていく。彼が性急に動き、断続的な運動のたびに身体の中に新たな熱が蓄積していく。肌が熱を発散しても、たかまりには追いつかない。このようないたぶりは耐えがたい。早く、早く、もっとかき乱してほしい。

＊

だが、その家政婦は仕事を辞めてしまった。ある日、突然のことだ。斡旋《あっせん》してくれた業者から連絡があり、「辞めたいと言っている」と言われて私は愕然《がくぜん》とした。まだ、二作目が出たばかりだ。まだ書かなくてはならない。書けていないエピソードはまだあるし、もっと精度をあげられる。

どうして、と訊《たず》ねる前に、業者が言いづらそうに言った。

「気持ち悪い、そうなんです。セクハラとは言えないんですけど、視線っていうんですかねえ」

私は言葉を失くした。「わかりました。すみません」と、何の解決にもなっていない謝罪をして、彼女の退職を受け入れた。

呆然《ぼうぜん》としながら電話を切り、私は項垂《うなだ》れた……。

それもそうだ。私は深く納得し、反省した……。

私は、家政婦である彼女を観察しすぎたのだ。白い肌、まとめた髪、薄化粧を見ていると、泉から水が湧くように創作意欲が湧いてくる。本能のようなものだ、誰が止められよう。窃視《せっし》という病かもしれない……。

そして私は何も書けなくなった。書けない日が続いた。それは「気持ち悪い」と言われたことへのショックや恐怖ではない。家政婦が去ったことで創作の泉が涸《か》れたのだ。めくるめくメイドの世界は、私の家政婦なしでは動き出さない。

　クローゼットの中にいても、好きなもので満たされていても、関係性は物では補えない。失恋のような喪失感と苦しさだ……。私を慰めるもの言わぬ物たちの彩度すらも失われるほど……そう、恋は世界を色づけ、失恋は世界をモノクロームにする。私は彼女をモデルにして生みだした私のヒロインに恋をしていた……。

　私はもはや、彼女なしには何も書けないのだろうか。いや、そうではないはずだ。そうだ、代わりのものを見つければいい。代わりの女性……。

　私は屋敷の主人や次男の思考をなぞる。たとえば突然いなくなったシャーロット。鳥籠《かご》から逃げ出した小鳥のよう。追いたい気持ちと、追ってどうするという葛藤。権力にものを言わせることすらも脳裏を過《よぎ》る……。だがこれは恋ではあるまい。では何だというのか。愛なのか、性《さが》なのか……。彼女を欲する気持ちには名前をつけられない。ただひたすらこの苦しみから解放されたいと願う……。そう、彼女の代わりを見つけられない苦しみすらも、物語として昇華できるはずだ……。

　だが、筆はなかなか進まなかった。一時はパソコンの電源を入れる時間すら惜しいほど、書きたいシーンが次々に流れていき、やむなくそのへんのレシートの裏側にメモをとっていたほどだったのに、今はアウトプットできるものにどれほど囲まれても意味のない字を書くことすらもできない。

苦しい日々が続いた。このシリーズ以前は彼女なしでずっと書いてきたのだ。誰かをモデルにすることがなかったわけではない。彼女をモデルにしたからといって、一切書けなくなるなんて、ああ、信じられない。彼女なしには何も書けないなんて信じたくない。いや、私ならば書けるはずだ。なんとかしなければ……なんとか……。

私は家政婦を派遣してくれる業者に、「官能小説のモデルとなっても構わない女性」という条件を付して、もう一度家政婦を求めた。私の会社の仕事の状況はすでに落ち着いており、家政婦の必要はない。だが、必要だった。必須だった。私は……とにかく代わりでいい。代わりの者でいいから、誰かが必要なのだ。

業者は戸惑いつつ、

「見つからないかもしれませんよ」

と言った。

だが、予想に反し、それほど日を置かずに見つかった。

残念ながら、醜い老婆だった。七十を過ぎ、肌はかさかさでくすんでおり、しみだらけで、皮膚は黄土色、髪は灰色と白が入り交じり、背は低く腰は歪み、背中は曲がっている。声は低く、陰鬱《いんうつ》で、瞳は濁《にご》っていた。

私は頭を抱えた。しかし、とりあえず受け入れるほかなかろう。

だが……、このままでは美しいメイドのめくるめく性愛とロマンスに、大鍋で怪しい秘薬を煮込む魔女を登場させることになってしまうではないか……。

五

この老婆は前任者よりもさらによく働いた。私の指定どおり、メイド服を着て、キャップをつけている……とても滑稽《こっけい》だ……だが、週三日、一日たった三時間の依頼をしているだけなのに、私の生活は格段に過ごしやすくなった。

掃除はし尽くされ、埃は取り払われ、食べかすはなくなり、排水溝は光り輝いて眩《まぶ》しい。ガスレンジも、引き出しも、掃除機の中にさえ、髪の毛一本、塵《ちり》ひとつ落ちていない。美味《お》しい食事が出来上がっているし、彼女がいない日でも冷蔵庫には何かしらの食べ物が用意してある。何かの魔法を使っているのかもしれない……魔女だけに……。

しかし彼女は……、まるで人形のようで、何を考えているのかわからない。あまり人間味がない。表情もない。疲れた顔も見せないし、翳りのある瞳でもない。ただただ、老化のために濁っている。エネルギーもない、野心もない、老いた女性だ。喋《しゃべ》るのは不得意なようで、声を掛けてくることもないし、声を掛けても無難な返事だけを寄越した。

私のことを気持ちが悪いと思っているかどうかもわからない。前回のことがあったから、私はきわめてオープンに執筆をする。隠れてこそこそやるから、不気味がられるのだ。すなわち始めから織り込み済みであれば、文句を言われる筋合いはない。といって、魔女を眺めていても創作意欲への刺激はなかったが、そのあたりは想像で補い、私は私の主人公がくるくると働く様子を、目を閉じて夢想した。

シャーロット、一八七十年生まれ、ロンドンのお屋敷で働いている、美しい女性……。アンナという親友がいる。故郷に好きな男がいた。彼もまたロンドンに来ている。近所の屋敷でページボーイをしていた……だが、転職したようで、今はどこに住んでいるのかわからない……悪いことに手を染めていなければいいのだけれど……。

読み書きを教えてくれた屋敷の旦那《だん》《な》様には感謝している。あらゆる男性がシャーロットを責める……様々な手法で……。ハウスキーパーや先輩メイド、奥様からは冷遇されている……。息子がメイドにご執心など醜聞《しゅうぶん》だからだ。よもや間違いが起こらないかと、注意深く監視している……。が、防ぐことはできない……。

シャーロットは夜な夜な旦那様に調教される。息子が帰ってくれば、彼女を手籠《てご》めにしようと苦闘する。抵抗むなしく肉体は奪われる……だが心までは奪われたりしない……。家令やフットマンも彼女を狙う……。ページボーイの彼とはたまの休みにしか会えない。時には鞭打たれる。冷たい言葉に打ちひしがれる。陰気で……悲愴《ひそう》で……性的で……救いようのない物語だ……。階下は地下世界、暗い、そして闇にはエロスがひっそりと生まれては消え……そしてまた生まれ、息づいている……。

なんとか、まだ書けそうだ。

＊

頭の中は嵐が訪れた夜のように騒々しかった。目を閉じると全神経が集中してしまうから、目を開けたまま身を任せる。この獣《けもの》から逃げられはしない。この暗い藁葺《わらぶ》きの天井を忘れられないだろうとシャーロットは思った。

家畜小屋特有のにおいがする。家畜の嘶《いなな》き、藁が背を刺す痛み、全身でシャーロットを求めている武骨な男――かぶさっている。服も脱がずにつながっている。その急所だけが一点の目的に向かって脈打っている。

藁が、がさがさと規則正しい音を立てる。白い吐息が浮かぶ。嵐の渦のようだ。衣服の上から、男の分厚い唇が赤子のように乳房を探し、固く肉厚な五指がシャーロットの先端を見つける。唾液《だえき》が布に染み込み、強く吸引される。嵐の中で、シャーロットは声にならない声をあげた。男もまた、獣のように吼《ほ》える。

＊

私はまだ書ける……。心から安堵《あんど》した。以前のような、映像に手が追いつかないほどではなかったが、机の上で頭を掻《か》きむしって苦しい思いをしてもまだ何も生まれないといった無為な時間を過ごすことはなく、非常に落ち着いて作業することができた。

とりあえず、会社で起きたトラブルをそのまま書く。……こんなやり方をしたのはどいつだ。誰が許可した……。確認しろといつも言っているだろう……。……確認しました。あのときはいいと言っていたのに……。少し考えたらわかるだろう。……あの人は朝晩で言うことが真逆で困るよ……。

シャーロットの生まれた時代から百年以上の年月が経過しているにもかかわらず、小さな入れ物では似たような出来事が起こる。セント・メアリ・ミードを出なくても名探偵になれるように、人間の本質は変わらないのだろう。浅ましく、愚《おろ》かで、救いようがない。

社長も部長も伯爵も奥様も怒鳴るし、機嫌がいいときもあるし、セクハラもパワハラもあるし、事業に邁進《まいしん》して成果をあげることもある。先輩も後輩も同僚も家令もフットマンも同じ、くさくさすることもあるし、意識を高くして仕事に取り組むこともある。シャーロット以外の人物たちも生きている。ある意味、老婆に代わったことで見えるものが増えた。スポットライトの強烈な光ではなく、舞台全体を照らす。丁寧に拾っていく……。結果はシャーロットが一身に引き受ける……。

＊

目の前で暖炉《だんろ》の熾火《おきび》が爆《は》ぜる。絨毯に両手をつくシャーロットを、彼は獣のように犯す。もし獣すべてがこの快楽を知っているのならずるいとシャーロットは思った。

「ご主人様、もうお許しください、お願いします……」

腰をくねらせるたびに波が引いては寄せるように感動が押し寄せて震えた。海の中に引きずりこまれるようだ。シャーロットの細い身体は、マリオネットのように操られる。支配される悦《よろこ》びが膨れていく。

シャーロットはまだ快楽の終わりを知らなかった。この先、どうなるのか……。今夜はこれまでとはまったく異なっていた。入室し、彼がシャーロットを優しく出迎えた瞬間から、今宵は何か、シャーロットの身体にこれまでとは別の何かが起こると予感していた。

＊

シャーロットの閉じた径《みち》を、大きな塊が突きやぶる。挿《さ》し込まれるたびに開いていく。粘膜のこすれる音、これこそが自分の求めていたものだとシャーロットは感じた。

自分は自分が求めていたものをこれまで知らなかったのだ。大きな手が骨盤を持ち上げるようにして、シャーロットの細い腰が浮き上がる。膝が宙に浮く。シャーロットの喉《のど》からは抑えきれない叫びがあがる。揺れる。揺れる。燃えるような、最上の夜だ。

＊

しかし熱量の変化が影響したのか、それともただの運か。メイドシリーズは、四冊書いて打ち切りとなった。秋が深まりつつある頃だった。

私自身も、限界を感じつつあった。

シャーロットを官能だけの世界にとどめておくことができなくなりつつあったのだ。それが筆に出たのだろうか……。もう書かなくてもいいと知ったときは、残念に思いながらも少しほっとした。

シャーロットには、めくるめく鳥籠の世界だけではなく、たくさんのものを見て、感じて、過ごしてもらいたい……私はそう思い始めていた。

彼女を取り巻くあらゆる男に凌辱されるのではなく、アンナとふたりで汽車に飛び乗り、手に職をつけてふたりで働いてもいいし、新しい町で幸せな生活を送るのでもいいし、ページボーイと結婚してもいい。だが、私にはシャーロットを幸せにはできなかった。それにやはり、七十代の老婆では創作意欲が湧かないのだ……。

六

私は家政婦が帰る寸前に、彼女を引き留めた。私の指定どおり、彼女は午後の制服として濃紺のメイド服を着ていた。クラシカルなスタイルのもので、スカートからは足が見えない。はしたないから見せてはならない……そういう決まりだ……。

彼女には、メイドには午前の制服と午後の制服があることを伝えていた。午前は、ピンクやグリーン、ライラックやブルー、花柄のプリント。淡い、可愛《かわい》らしいもの。午後はフォーマルな雰囲気を持つ黒白、濃紺、濃いグレー。

私は、午前中はライラックの花柄のプリント、午後は濃紺を採用し、彼女に支給していた。キャップはレースだ……ただしメイドにとって、キャップとは隷属《れいぞく》の証《あかし》であったという。

虚構の世界で、私は、シャーロットを執拗《しつよう》に責める屋敷の旦那様……長男、次男、三男……家令であり、フットマンでもある。時には厳しい女主人にもなり、冷徹なハウスキーパーにもなる……。だが現実の世界でひとたび口を開けば、休日にはクローゼットに入り込むだけの陰気な女だった。今日初めて声を出すので、どうにもかすれていた。咳払いが必要だった。

「あの、すみません。もう、その服は着なくても大丈夫です」

　私は言った。

「え、この制服ですか？」

　老嬢シャーロットは、驚いたような顔をした。私はその表情を見て驚いた。狭いキッチンのふたり掛けのダイニングテーブル……老嬢が紅茶を入れた。茶葉はおしゃれな缶に入っている……スプーンの使い方もポットの触れ方も一流の所作だ……。老嬢の領域であるキッチンは、英国の雰囲気が溢《あふ》れていた。キッチン小物はアンティーク風で揃《そろ》えられている。小窓のレースカーテンが揺れている……植物の柄……あんなものがあっただろうか……。秋の涼しい風が入ってくる。ダイニングテーブルの上に、木漏《こ も》れ日のかたちが揺れる……。光が、冬の訪れを感じさせる。晩秋の香り……。

「メイドの話は終わったので、もう書かないんです」

　シャーロットの物語は終わった。続きがなければシャーロットは死んだも同然だ。シャーロットは死んだのだ。仕方がない……。

「そうなんですか」

「奇妙な指定をして、すみません」

　今となっては、初めて来てくれたあの四十歳の女性にも申し訳なかった。私は私の目的のために、彼女をモデルにした。私のシャーロットは最終的には彼女とは似ても似つかない人物像になってはいた。だが気持ち悪く感じるのは当然の権利だ。

しかし自分の口からは、気持ち悪いとまでは形容できなかった。奇妙としかいえなかった。矜持《きょうじ》というほどの立派なものではなくとも、自尊心によって。私は私なりに自分の世界を気に入っている。誰にも認められなかったとしても、ニッチな需要でしかなかったとしても。おそらくは、書き続けたいと思っているうちは書き続けるのだろう……。

老嬢は不思議なことを言った。

「脱がないといけないですか？　私、制服気に入っているんですけど」

「え？」

「メイド服、可愛いでしょう。私みたいな七十過ぎのおばあさんが、メイド服で仕事できる機会なんてそうそうありませんでしょう」

老嬢は、豊かな表情をあらわにし、私に語った。嬉《うれ》しそうで、愉快そうで、これまでになく饒舌《じょうぜつ》だった。

「でも、私が書いていたのは……なんというか、メイドが……性的に……凌辱されるような話ですが……」

「まあ、最初に読んだときは驚きましたけれど……」

「え!?　読まれたんですか!?」

「もちろん」

自分が書き連ねたものを、身近の人に読まれるといった経験をこれまでしていなかった私は、羞恥心《しゅうち》に苛《さいな》まれた。全身を羞恥が駆け巡り、かっと熱くなる。

普通の小説ならいざ知らず、私が書いているものはエロティックなシーンが満載だ。蠟《ろう》燭《そく》から垂れる蠟、馬に使うような鞭、革製のベルトで締め上げられることもあったはずだ。他に何を書いたっけ、前戯もあれば、本番もあるし、ＳＭの香りがする。主人の寝室のみならず……地下室で……馬小屋で……薔薇の庭で……あの広大な敷地の中で、シャーロットを犯さなかった場所はない。陰鬱で悲愴で性的な物語……。

「でも、主人公でした」

老嬢は恥ずかしそうに言った。

「私、若くして結婚して、ずっと家の中にいて、妻だったり母親だったり、おばあちゃんという役目だったんですけれど、それって、主役じゃないでしょう。働いていても、第一線ではないし、まともに扱ってもらえないし、その他大勢のひとりで……」

老嬢はどこからどう見ても、日本人のおばあさんだ。髪は灰色、肌は黄土色で、しみだらけで、頬《ほお》も顎《あご》もたるみ、においたつのは加齢臭だ。書きたいロマンスの一片も彼女からは感じ取れない。

彼女は確かに彼女自身では主人公にはなれなかったのだろう。だが考えてみれば、この世界は、自分が主人公ではない人生を歩んでいる人ばかりではないだろうか……。私もそのうちのひとりに過ぎない……。

「シャーロットになりきって、仕事をしていたんです。私のふとした仕草がシャーロットに反映されると、とっても嬉しくって。主役なんだって思えました。どんな辛い目にあわされても、ヒロインなんです」

幸せなシャーロットも、不幸せなシャーロットでも、主役でありヒロインであることには間違いがない。メイドという職業は屋敷という舞台では端役でありながら、彼女は物語の中心だ。天動説の地球のように、彼女を中心に世界が回る。天体も山も空も、屋敷も主人も人間も、何もかもが彼女ありきでぐるぐる回る。

「私、ずっと主役になりたかったんです」

老嬢は笑っているような、泣いているような顔でそう言った。彼女なりに、シャーロットの死を弔《とむら》っているようだった。

その姿を見ながら、彼女のためにシャーロットを書けないことが、残念に感じられた。シャーロットが彼女から生まれたらよかったのに、と、どう足掻《あが》いても起こり得ないのに、そんなことを考えたりもした。申し訳ないことに、彼女に代わってから、校正で「若い女の子らしくない」と指摘されることが増えたことをふと思い出した。

「先生、やっぱり私ではいけませんか。もう書いてはもらえないんでしょうか。メイドを続けてはいけませんか」

私は老嬢を眺めるが、可能性を感じることはできない。

シャーロットはもういない。シャーロットは死んでしまい、私がシャーロットを書くことはもうない……。私の中の創作に問いかける。絶対的な権力者を前に膝を屈するように、絶望的な答えを悟るだけだ。一度壊れてしまったものを元どおりにすることはできない。形を変えて延命措置を行ったあと、長く息をしていたほうだと思う。本当なら、ひとり目の家政婦がいなくなったときに死んだものを。

私は首を振ろうとした。そのとき、ふとこんなことを思った。

……新しい物語を生み出すことはできるのではないか。

そう、まったく別の色をした光がさしている予感がする。

自分の中に新たな物語が湧きおこるのを感じた。だが、これは退屈な物語になってしまうかもしれない。エロスを感じないのだ。

彼女を見ていても老婆としか思えないし、怪しげな秘薬を使いそうとしか思えない。そう、魔女だ。彼女をそのまま書くとしたら魔女……それで、いいというのか？

「いいんですか。どんなふうに書かれたとしても」

「ええ。構いません。殺人事件の死体になったって、私が主人公であるのならば、構いません！」

彼女はそう言い切り、胸を張っていた。目は輝き、まだ見ぬ未来が見えているかのようだった。私にはまだ見えない……。だが、私は頷《うなず》いていた。

「……わかりました」

　安請け合いをしても大丈夫だろうか。彼女を見つめる。彼女は頷く。では……仕方ない。もし書けなかったとしても、構わないと言ってくれるだろう。あなたでは創作意欲が湧かないという現実を突きつけられたとしても、メイド服を着ることを望んだほどだ。どんな結末だって受け入れてくれる。喜んでくれる。気持ち悪いことも、何もかも。

　書けとまで望まれるのならば、書くしかあるまい……。

どのような物語だろうか。目を閉じれば、映像が流れていく。始まりのシーンが訪れる。私はそのシーンを思い浮かべることができる。

たとえば——居場所のない少女と、外見こそ醜くとも内面に美しさをたたえた魔女が大冒険をする物語だ。

　私がクローゼットの中に作り上げたような世界……すなわち冬の夜空……星座の導き……架空の美しい街。石畳の上を少女が走る。ああ、街が燃え始めた……。

　振り向かないで！

　今や植物は枯れてしまい、古い美術品は奪われる。仕立屋も、ブーランジェリーも、マルシェも立たない。本屋からは物語が失われ……無情の時が刻まれる。歌劇場では叫びがあがる。私のアパルトマンは崩れる。爆発し、崩壊していく……。帰る場所はなくなってしまった……。逃げる。追われる。逃げる。いつか絶対に取り戻すと心に誓う。今は駆ける。闇の中を懸命に。

やがて辿り着くのは……静かな偽物の海……。追手が迫る。飛び込む！　落ちる。落ちていく。水底《みなそこ》の青の揺らめき。命だけは助かった。でも何もかも失ってしまった。

ひとつひとつの世界に飛び込んでいくために、クローゼットの扉を開ける。ひとりぼっちになった少女と魔女の背中が見える。これは世界を取り戻すための旅。

私たちは、世界中を旅する旅人になる……。

シーズナル・マーダー 春の章

「移ろい易いものだけを美しくしたのだ」と、神は答えた。
ヨハン・ヴォルフガング・フォン・ゲーテ

SEASONAL MURDER SPRING CHAPTER

気象庁の発表によれば、季節が六つとなって二十年が経過した今年は、平年に比べ、春の訪れが遅くなるそうだ。

＊

「別れられないんだよね、なかなか」

息子はそう言って、照れ臭そうに笑った。

その笑顔は、憎らしいほど夫にそっくりだった。本妻とも愛人とも別れられない、見た目も精神性も父親のコピーのような息子だ。

去年の夏には妻が家の管理をきちんとしないことで、一歩間違えば死んでしまうかもしれないトラブルに見舞われた。今年の冬には、愛人が無理心中を図ろうとして、あやうく巻き込まれかけた、馬鹿《ばか》で救えない、それでも見捨てられない息子だ。

「どっちも悪気とかはなかったと思うんだよ。ほら、うちの妻は不出来だからさ」

そう、嫁はあまり出来がいいとはいえない。炊事《すいじ》洗濯掃除、何をさせてもうまくない。

だが、頭は悪くない。それに、抜けている性格でもない。

悪気があったのではない。それは事実だろう。では何があったのかといえば、殺意があったのだ。わたしはそれを知っている。なぜなら、わたしも昔夫を殺そうと思ったことがあり、嫁が起こしたトラブルは、そのときに立てた計画に酷似《こくじ》しているからだ。ちょうど、獄暑《ごくしょ》が始まった頃の出来事だった。残念ながらわたしもまた未遂に終わったのだが。

「それに、彼女のほうは僕のことを愛するあまりで、突発的だったんだ」

息子は続けて言った。笑えるほどお人好《よ》しで、これで栄転して支社長をしているだなんて、その会社は大丈夫かと心配になってしまう。

愛人は、息子に睡眠薬を飲ませ、自分も薬を酒で飲み、冬獄《とうごく》の外界に出ようとしたらしい。たまたま外に出るところを見かけた隣家の住人が発見し、命をかえりみずに救出してくれて、事なきを得たそうだ。隣家の住人がいなければ、どちらも凍死体で発見されたことは間違いない。顚末《てんまつ》を聞いたときは卒倒するかと思った。

冬獄に心中未遂をしようという愛人がふたりも存在するだなんて、頭が痛い。夫の愛人も似たようなことを計画し、未遂に終わっている。ちょうど、冬獄が始まった頃の出来事だったたか。

「父親譲りで女運が悪いわね」

「そう言わないでよお」

母親として情けない。嫁も愛人もさっさと見限って、実家に帰ってくればいいのだ。下に次男と長女がいるが、次男はだいぶ前に出てしまったし、家庭も円満である。長女は先日嫁いでいった。夫とふたりきりの自宅は息苦しい。長男が帰ってきたら、きっと楽しく過ごせるだろう。

嫁と愛人が死んだら楽になる。肩の荷がおろせるのに――。息子はそう思っているだろう。わたしも、あの嫁はそろそろ片づけたほうがいいと思っている。

昨年は、熱波日《ねっぱび》に彼女に旅行させることができた。今年も同じようにする。コテージを予約し、何らかの理由でわたしは行けないことになり、彼女だけをコテージに押し込める。細工をして熱波に耐えられないように、蒸し焼きになるよう仕向ける。息子を殺そうとした罰だ。

それにしても、妻の立場ならば愛人の存在こそが殺したいほど許せなかったのに、息子の不始末になると、まあそんなこともあるわよね、嫁もちょっと狭量じゃないかしら、という気分になってしまうのだから、立場とは不思議なものだ。

もちろん、愛人のほうも片づけよう。あれはいけない。ある意味、嫁よりも危険人物だ。放置していたらいつか息子が殺されてしまうだろう。なるべく早めに。夫の愛人を片づけたときのように。冬獄で、夫を愛人と泊まらせる。夫にはあらかじめ、愛人が細工をした茶は飲まないようにと言い含んでおく。そして女だけが死ぬ。

当時、夫には殺人の疑いがかかったが、愛人自身が薬や酒を買っていたから、じきに容疑は晴れた。無理心中の生き残りとして、会社に居場所はなくなってしまったようだが、自業自得だ。

もうじき春が来る。望まれずとも季節がただ巡るように、この季節性の殺意にも、遅かれ早かれ、結末は訪れる。

ムーンライト・エンドロール

不幸の日にあって幸福の時を思い出すほど
辛い苦しみはございません。

ダンテ

MOONLIGHT END ROLL

あのときに戻ってやり直せたら……と思える場面なんて、あたしの人生には一シーンもなかった。それでも選ばなければならないとしたら、あたしは……。

一

終電後の駅はもう閉まるだけだ。

ぽつりぽつりといる人影は足早に帰路をゆく。あたしも改札を過ぎる。

出口に向かうのぼりのエスカレーターの前にひとりの老人が立ち、進路を塞《ふさ》いでいた。

背筋はしゃんとしているが、枯れ枝のように細い。足が悪いのか、右手で杖をついていた。困っているかのように立ち尽くしていた。

寂しい佇《たたず》まいに、胸を塞がれるような気がした。急ぐ人が彼の傍《そば》を迷惑そうにすり抜ける。エスカレーターを諦《あきら》めて階段で行く人もいる。

あたしも、すり抜けることは容易だった。

だが、こんなとき、ケータだったら助けるだろうと恋人の顔が浮かんだ。

彼ならばどうしてここで立ちすくんでいるのかと本人に事情を訊《たず》ね、手助けできることがあるのならば、手伝ってあげるだろう。ケータはそういう人物だった。

今日アクリル板越しに会ってきたばかりなのにもう会いたいなあと思う。別れ際の彼の笑顔を思い出して胸が締めつけられる。

そういう寂しい気持ちが、呼応したのかもしれない。

あたしはケータの代わりに、背後から老人に声を掛けた。

「どうされました」

老人は緩慢な動きで振り返り、驚いたように細い目を見開いた。彼の目は濁《にご》っており、みずみずしさはなく、八十歳を過ぎているだろうと思われた。

老いてやせ細ってはいるが、上品な雰囲気をまとっていた。着古したコートも丁寧に使われている様子だったし、質のよさそうな帽子を被っている。所作は静かだった。

老人は苦笑しながらエスカレーターを見上げた。

「なんだか、速いなあと思ってしまって、踏み出せなくなったんです。お恥ずかしい」

そう言われて、あたしは初めて気づいたみたいにエスカレーターの床が規則正しく流れていく速度に着目する。

しばらく見つめているうちに、確かに速いなと感じた。

一歩で五センチくらいしか進めないような老人が、足を乗せるタイミングをひとたび見失ったら、恐れをなしてしまうに違いない。

もし床を踏みそこなって足を取られたり段差に躓《つまず》いたりして、うっかり転んでしまったら一大事だ。足が竦《すく》んでしまっても仕方がない。

あたしは腕を差し出して言った。

「よかったらつかまってください」

「ありがとう」

「『せーの』で右足から行きましょう」

「はい」

「せーの！」

タイミングが少しズレたかもしれない。そう思いながらも、踏み切って重心を移動する。

気がつけば、我々はエスカレーターをのぼっていた。

あっという間に、無事、一階のロータリーに着いた。

満月の夜だった。

春のかすみがかった夜空に、やさしくまるいおぼろ月が浮かんでいた。

老人はあたしの腕を放し、帽子をとった。

「本当にありがとう。助かりました」

自分の一連の行動を思い返すと、まるで自分ではないみたいで恥ずかしい。きっとあたしじゃない。あたしではない者の仕業に違いない。以前のあたしは、他人を助けるどころか、声を掛けることすらできなかったから。

　ケータが乗り移りでもしたのだ。ケータは物怖《お》じしない性格で、困っている人に躊躇《ためら》いなく声を掛けることができる。

「お礼といってはなんですが、いいことを教えます」

と言うと、老人はついていた右手の杖の先で、今出てきた駅舎の柱を示した。

　駅舎の建物は五年前に改築し、まだなんとなく真新しさを残しながらも、町に馴染《なじ》み始めている。建物には立派な柱がある。

　柱に隠れるようにして、エレベーターがあった。

「なんだ、あったんですね、エレベーター」

　そりゃあるに決まっている。それにしても、なんだか新しいデザインの駅舎に似合わないような、レトロなデザインのものだ。

　老人の杖の先は、そのエレベーターを指していた。

「私はもう怖くて乗れないんです。でもあなたなら大丈夫。よかったら、あの古いエレベーターで、下に行ってみて、もう一度上がってきてごらんなさい。そうすれば、あなたがやり直したいときまで時間を巻き戻すことができる。あなたは地元の方でしょう。ほら、あのエレベーターに見覚えがありませんか?」

　老人に言われて目を細めてみる。

　引き違い窓のような構造の分厚い金属のドアに小さい窓がついている。塗装の剝《は》げた小豆《あずき》色。間口の狭さ。いかにも古めかしい。

確かに改築前の駅舎にあったエレベーターに違いなかった。

駅舎を改築するときになくなったはずだ。

「まさか」

「あなたが望む未来に辿《たど》り着くまで、何度でも使えますから」

老人の声が消えていく。

あたしは振り返ったが、そこにはすでに老人の姿はなかった。人のまばらなロータリーのどこを見てもいない。

探すのを諦めてエレベーターを見る。

あのエレベーターはなくなったはずのものだ。あたしはエレベーターに近づく。——望む未来に辿り着くまで、何度でも使える？

本当に？

まさか。騙《だま》されているに違いない。

このエレベーターも、残してあったのを今まで見落としていただけだ。下に行ってまたのぼってくる。それだけで時間が巻き戻るなんて、そんなことあるはずがない。

一陣の風が吹く。駅の明かりが落ちていく。夜だけの世界になる。

騙されたからといってなんだ。せっかくエスカレーターで親切にしてあげたのに、時間を無駄にさせられる。ただそれだけだ。

だがもし人生をやり直せる機会なら——逃せないチャンスだった。

あたしはこれまでの人生を振り返る。どこでやり直したって無駄なくらい、幸せではなかった日々と、くるおしいほど戻りたい日々——。

やり直したいのは、数カ月前のあのときだけ。

あの場面に戻れるならば……。

二

「男の子以外はいらないの。あの子だけ置いて出て行きなさい」

と祖母は言った。

それまであたしは、祖父母と両親、姉と兄と暮らしていたけれど、その日以来、母と姉の三人暮らしになった。突然放り出されたのだ。あたしはまだ小学校にあがったばかりだった。

当たり前だと思っていた生活は一変したけれど、そういうものだと思ったら、不思議なことにすぐに順応した。

それまで働いていなかった母は夕方から仕事に行くようになり、明け方に帰ってきて死んだみたいに眠る。食事はコンビニで買ってくる。掃除はしない。洗濯はたまにする。

六つ上の姉はあたしの世話をする。だが姉も、責任感とか姉妹愛とかそういう名前が付けられるような感情ではなくて、自分のことのついでといった雰囲気だった。

あたしはもともと何を考えているのかわからないと言われている、喋《しゃべ》らない子どもだった。

それは家族という集合体ではなく、最低限のことをやりくりしながら時間を過ごしている、血が繋《つな》がっているだけの、無気力な寄せ集めだった。

何の因果で一緒にいるのだろうと不意に考えることがあり、そのときに初めて気づくみたいに、ああ血が繋がっているのだったと思い出す。社会から切り離され、漂流しているみたいな感覚だ。

あたしは次第に自分のことは自分でできるようになり、一通りできるようになった頃、姉が首を吊って死んだ。最初に見つけたのはあたしだった。でも姉の死体を見つけたとき、激しい感情は湧いてこなかったことを覚えている。

あたしは今でも、何もかも思い出すことができる。

部屋の土壁沿いに置かれた衣桁《いこう》に結ばれている、幼い頃に着た浴衣《ゆかた》のちりめん帯、芙蓉《ふよう》の花のピンク色。

記憶の中から、お祭りの囃子《はやし》、雑踏、花火が打ち上がる音がよみがえってくる。

提灯《ちょうちん》の紅《あか》、夜なのに汗ばむほどの暑さ、とうもろこしの焼ける香り。

そういった鮮やかな思い出が詰まった品に一点を支えられ、壁にもたれるようにして、制服姿の少女が冷たくなっていた。

なんとなく、姉が早く人生を終わらせてしまいたいという気持ちを持っていたことには気づいていたし、その気持ちも理解できた。やり遂げるとまでは想像していなかったが、それでも、思ったより早かったという程度の驚きしかない。

まだ中学生だったのに姉はどこで死に方を覚えたのだろう。あたしにも死に方を教えてくれてありがとう。

あたしも早く終わらせたい。

朝を迎えることも昼を過ごすことも夜を越えることも、何もかもにとても疲れていた。

あたしは同じ日常を繰り返す母とふたり暮らしになった。

希望のない日々が続いた。

母は早くお前もどこかに行きなさいと頻繁《ひんぱん》に口にした。母があたしに行く末について語ったのはこのときだけだ。

白いビニール紐《ひも》を用意して出ていき、そのまま帰ってこなくなった。

あたしは綺麗《きれい》に巻かれたままのビニール紐を見て思った。

あたしも姉みたいに、あのちりめん帯がいい。

ホームセンターで買ってきたばかりの無機質なビニール紐では駄目だ。あのちりめん帯だったら、いつ人生を終わらせてもいい。けれどあれは、姉のおさがりをあたしが着て、一本しかなかったものだった。姉の棺《ひつぎ》に入れて一緒に焼いてしまった。だから代わりの品を見つけなければならない。

中学を卒業したあたしは、近所の機械工場でアルバイトをし始めた。進学するという選択肢《し》はなく、就職も厳しい。母のように夜の街で生きるには、誰かと会話しなければならない。

だが、あたしは人と会話することが嫌いだ。なぜなら人間が嫌いだからだ。無言でいられる場所を選ぶことができたのは幸運だった。

髪は脱色しすぎて金色だったし、長くて先のほうは枝毛まみれだったし、煙草《たばこ》も吸い、いかにもヤンキーみたいな見た目だったけれど、あたしは誰ともつるまなかった。人間が嫌いだった。他人が嫌いだった。自分が嫌いだった。息を吸うことも億劫《おっくう》だった。常に不機嫌だった。

あたしがいるこの世界が大嫌いだった。早く終わらせたい。

代わりの品さえ見つかれば、あたしはいつだって終わらせるつもりでいるのに。

三

ある交代勤務の帰り道、夜十時を過ぎていた。

満月の夜だった。

あたしはいつものように、退屈な夜を迎え、コンビニで食事を買って、真っすぐの道を歩いていた。

そこは駅前から住宅街に続く、街灯はあるものの人通りの少ない道路だ。

三叉路《さんさろ》になっていて、駅やコンビニの方向から、住宅街に続く二手に分かれる。

片方には公園のある閑静《かんせい》な住宅街、もう一方はあたしが暮らしているアパートのある線路沿いの治安の悪い方向だ。治安の悪いほうはドブ川があって臭い。

突然、電柱の陰《かげ》から大柄な男が飛び出してきて、煙草を吸いながらぼんやり歩いていたあたしは突き飛ばされて道路に転がってしまった。

襲撃に遭《あ》っていると気づいたときには、不自然に息の上がっている男が、刃物を右手に仁王《におう》立ちしていた。暴漢だ。

ああ、終わる。

身を起こした片腕を摑《つか》まれる。振り上げられた刃に光が反射している。切っ先があたしを狙っている。

これでやっと諦められる。

痛いのも苦しいのも嫌だ。だけどもう息をするのも苦しいのだ。これ以上の苦しみは嫌だ。一瞬だけ、少しのあいだだけ我慢するから、どうかあたしが耐えられるまでの時間で終わらせてほしい――。

そう思っていた。

「何してんだ！　おい！」

声がしたのは、裕福な住宅街の方向だった。

公園からひとりの高校生が飛び出してきて、大声を張り上げた。あたしが歩いてきた方向からも、異変に気づいた人が「何してるんだ！」と叫んだ。

暴漢はあたしの腕を放して、あたしのアパートの方向へ走っていったけれど、高校生が凄《すさ》まじい速さで追いついて飛び蹴《げ》りする。

誰が呼んだのかパトカーのサイレンが聞こえてくる。駅前の交番から、自転車で警官がやってきた。

座り込んで呆然《ぼうぜん》としているうちの、あっという間の出来事だった。

暴漢はパトカーで連行されていき、あたしは被害者として警察署に向かうことになった。

しかし、中学を卒業して工場アルバイトの、金髪で煙草臭い十六歳なんか、誰も被害者扱いしてくれない。

むしろ煙草は取り上げられるし、親の連絡先は知らないし時刻は十二時を過ぎ、結局最後は中学校の元担任が来た。

警察署を出て元担任と別れたとき、最初に助けてくれた男子高校生と一緒になった。近所の進学校の制服姿だ。突然、こう訊ねられた。

「俺さあ、カッコよかった？」

あたしは彼の顔を見る。

あたしはあまり人の顔を見られない。あたしを見る目がきついからだ。きっとあたしみたいな存在を視界に入れるのが嫌なのだろう、と考えてしまう。

だが彼の顔を見れば、考えていることがわかった。

彼の瞳や口元には、人助けをした自分が他人の目にどのように見えたのか、きっと格好よく映っていたに違いないという、期待に満ちていた。

彼の瞳を見ていて、犬を飼ったらこんな感じかもしれないと思った。

この人の期待に応《こた》えるような言葉を選びたい。

「ちょーかっこよかった」

彼はガッツポーズをした。

のだ。

「すっげー綺麗に決まったじゃん、飛び蹴り。見てた？」

あたしは頷《うなず》いた。助走をつけて飛び、暴漢を蹴った。あたしはそれを呆然と眺めていた
のだ。

今初めて、ああ、怖かったなあと思った。

あたし、怖かった。

「ヒーローみたいだった」

「えっ、マジで？」

「うん」

あたしの姿を一目見れば引いていく人ばかりの中、彼とは普通に会話が成立していた。

「俺さあ、小学生のときからヒーローになりたかったんだ」

彼は真剣にそんなことを言った。きっと本当にヒーローになりたかったのだろう。

「送ろうか」

「いい。もう、すぐだから」

「そっか。じゃあ、またね。気ぃつけて！」

あたしは彼と別れてひとりきりになった。

ひとりぼっちになって寂しいのは初めてだった。

午前一時。

高いところにある満月は歩いても歩いてもついてくる。不思議だった。唯一の同行者だった。ひとりぼっちを意識したら、やっぱり本来の自分が戻ってくる。

あたしはまだ生きている。

諦めるつもりだったのに、助けてほしいだなんて口にしていないのに、ただ座り込んで刃を振り下ろされるのを待っていたはずなのに。

いつか来る日がやっと来たと思ったのに、来なかった。それだけだ。

あたしは自分の無事さえも自分で素直に喜ぶことができない。これ以上、この世界にいられないと思った。帯の代わりを探そう。そう思った。

四

数日後、彼とコンビニで再会した。

あたしはいつもバイト帰りにコンビニに立ち寄る。男子高校生が店に入ってきたところで、レジで会計中のあたしを見て、気づいて笑って手を振ってきた。

最初、自分に振られているものとはわからず、あたしはつい後ろを振り返った。

「女の子がこんな時間に危ないよ」

と男子高校生はあたしに言ったらしい。

「仕事帰りだから仕方ないんだわ」

なぜかあたしの代わりに、レジ操作中のコンビニの店長が答えた。

店長は五十代のハゲで小太りのおじさんで、休みなくコンビニの夜勤をしている。先日、警察に通報してくれたのはこの店長だったそうだ。

男子高校生は制服姿でいかにも学校帰りだ。

もう夜の十時を過ぎているというのに。

「ちなみにこいつは塾帰り」

と、なぜか男子高校生の代わりに、コンビニの店長があたしに説明した。彼らは顔見知りらしい。

塾帰りということは、駅前にある塾だろう。

「俺、送るよ」

「いらないよ」

「送ってもらいなよ。表彰されるくらいの正義漢だから。こないだの刃物男捕まえたのもこいつだし」

「あれ、先生にめっちゃ怒られたわ」

「当たり前じゃん。俺の息子なら怒るわ。危険なことはすんなって。他人の息子だからいいけど」

「他人の息子ならいいのかよ……」

「送り狼は禁止だぞ」

「この流れでそれはないっしょ」

　ふたりは仲良しらしく、なんだか楽しげに話していた。あたしはしばらく黙って聞いており、そっと帰ろうとしたところを男子高校生がついてきた。

　送迎についてあたしは断ったが、店長の後押しによって、彼はついてきた。といっても家はすぐそこの三叉路を治安の悪いほうに曲がってすぐにあるおんぼろ木造アパートだ。裕福なエリアの人たちは決して近づかない。帰らない母親を待ち、ほとんどひとり暮らしをしている。

　同年代だが、塾帰りの男子高校生とは住む世界が異なる。

　アパートの前で、あたしはコンビニで買った菓子のひとつを彼に押しつけた。

「くれるの？」

「お礼」

　別にひとりでも平気だ。暴漢に殺されたって平気だった。

　だが、こういうときには礼をするものだというくらいの常識はあった。

「ありがとう」

　彼が言った。

あたしはその言葉が言えない。ありがとうという言葉を知らない。助けてくれたことに感謝の気持ちもない。

ただわかるのは、彼が住む世界の違う人間ということだけだ。

五

彼はケータといった。

ケータとは、コンビニで会うようになった。半年が経《た》った頃には、普通に会話するようになり、じきに意識的にコンビニで待つようになり、一年が経つ頃にはコンビニの前でアイスを食べながら喋るようになった。

その日も真夜中だった。

相変わらず休みなしで代わりのバイトも入れずに年がら年中夜勤をしている店長と、立ち読みをしていたあたし、ケータはアイスクリームを選んでいた。

この時間に来る顔ぶれは限られていて、配送の兄ちゃんや、アパートの住人とか、酔っぱらったサラリーマンなのだが、珍しい客が入ってきた。

黒ずくめのいかにも怪しい男が、商品棚も見ずに真っ直ぐレジに向かう。

「金を出せ」

思わず、本棚からレジを見る。

ホットスナックの棚の中を掃除していた店長が、包丁を突きつけられている。店長は両手をあげ、ゆっくりとレジの前に立ち、レジを開けて、札を渡す。

目深《まぶか》に被った帽子とマスク。遮《さえぎ》られていない瞳が、呆然と立ち尽くすあたしとケータを見た。それは、あの暴漢と同じ瞳だった。

あたしは相手に気づき、ケータも気づき、そして相手もあたしとケータに気づいた。

強盗は札をポケットに突っ込み、包丁を手にずかずかと近づいてくる。

「おい、手を出すな！　金だけ持って出ていけ！」

店長が怒鳴る。

強盗は一瞬振り返る。

だが再びあたしとケータに向き直る。

「させるか！」

ケータがあたしと強盗との間に入る。

「ケータ！」

包丁が振りかざされる。

ケータが強盗にタックルする。もみあいになる。

ふたりが倒れこむ。

「いっ……」

呻《うめ》いたのはケータだった。

血が飛んだ。

血のついた包丁が床に落ちた。

コンビニの表の警告ランプが赤く点灯する。

遠くでパトカーのサイレンが鳴り始める。

ケータが腕を押さえながら倒れていた。あたしは「ケータ！」と叫んで駆け寄る。強盗は包丁を探して見つけた。

だが強盗が包丁に手が伸ばした瞬間、店長が店の端っこまで蹴り飛ばした。店長は強盗の手も一緒に思い切り蹴飛ばしたので、強盗は手を押さえて蹲《うずくま》る。

ケータは苦悶《くもん》の表情を浮かべながら、「大丈夫だから」と言った。

大丈夫なはずがない、血が溢《あふ》れ出ていて、制服が血まみれだ。もう片方の手で強く押さえている。あたしも上から押さえる。

警官が飛び込んできて、すぐに強盗が捕まった。救急車のサイレンが聞こえる。早く、早く来てよ。

あたしが諦めているのは、あたしだけだ。ケータは関係ない。あたしはいつだって、死んでもいい。焼いてしまったあたしのちりめん帯が見つからないだけで、必ずしも生き続けたいなんて思っていない。

だけどケータには生き続けてほしい。君は生き続けなければいけないよ。


幸いにして、ケータの怪我は命に別状はなかった。

三針縫《ぬ》って痕《あと》になったが、名誉の負傷といって、翌日には笑っていた。だが包帯が巻かれていて痛々しい。熱もあるみたいだ。

コンビニは通常営業、あたしは無傷、でもケータは傷を負った。

「もうコンビニ寄らずに真っ直ぐ帰りなよ。なんなら塾もやめてよ」

あたしは言った。

「いやーさすがに塾は続けないと勉強追いつかないし」

塾に通わないといけない勉強というものは、あたしには縁がないからわからない。だがケータの命と引き換えにすることなんか、何もないはずだ。

「ヒーローは復活するってもんだし」

ケータは親指を立てながらそんなことを言った。小学生みたい。

ヒーローだって生身の人間ならば、いつか復活できなくなるかもしれないのに。復活できなくなってから後悔したって遅いのに。

ケータがあたしの頬《ほお》に触れる。

「頼むから泣かないで。俺が泣かせてるみたいだから」

あたしは彼に言われて初めて自分が泣いていることに気づいた。

「ケータが泣かせてるんじゃん。泣かせないでよ」

涙が止まらない。涙というのは自分ではコントロールできないもので、容易に出したり引っ込めたりなんかできないものだと初めて知った。

あたしは、最後に泣いた日を覚えていなかった。それに、涙というのは悲しくて出るのだと思っていた。だが今流している涙は少し意味が違う。

ケータが無事でよかった。でももう危険な目に遭わないでほしかった。そういう意味だった。

涙にはいろんな意味があるのかもしれない。

「死なないで、怪我なんかしないで、怖いよ、びっくりした、死んじゃうかと思った。やめてよ、生きていてよ、ヒーローじゃなくてもいいよ、ケータはケータだよ、人間でいいから、ヒーローなんかならなくてもいいから」

ケータがあたしを抱きしめる。

「……わかった。心配かけてゴメン」

生きているあたたかさだ。

涙が次から次へと溢れてくる。ケータがあたしの背を撫《な》でる。

あたしたちの姿を見て、なぜか店長も泣いていた。

六

「この町を出る」

あたしたちが恋人同士となっていくつかの季節が過ぎたある日の昼下がり。

ケータはあたしの暮らすアパートにやってきて、真剣な顔で言った。

あたしはとうとう別れが来たのだと思った。先日、就職が決まったと聞いていた。その会社は、この町からは通えない。

大学を卒業する春。

彼が入社するのだから、きっと良い会社なのだろう。

ケータはあたしの手をとった。

「ヒーロー、恋人と故郷を去る」

あたしは戸惑った。

「行けないよ」

連れていってほしいだなんて思っていなかった。春が別れの季節だと思っていた。彼は別の世界の住人だから。

あたしはこの町から出たことがない。生まれてからずっとこの町で生きてきた。勤務先も、学校も、ずっと半径一キロ以内だ。知らない場所はわからない。

ケータは、あたしが町を出ると思っているのか。

「俺を信じて、ついてきてほしい」

わからない。

信じるとはどういうことなのだろう。

一緒に行くという選択は、どういう未来なのだろう。

あたしは未来を考えたことがない。平坦な毎日を、ただ繰り返すだけの存在だ。

「幸せにする。絶対に」

幸せとはどういうものなのか知らない。

人はよく幸せがどうだと歌うけれど、耳には入ってきても、心には入ってこない。無縁の人生を送ってきた。知らないものだから想像するしかない。あたしの想像は貧しい。だが、その貧相な想像によれば、幸せとは、不幸ではないことだ。痛みも苦しみもないことだった。

自分の身に危険が及ばず、食べたいものを食べたり、心が躍《おど》ることをしたり、ほっとすることだ。嬉《うれ》しいこと、美味《おい》しいこと、楽しいこと。

あたしの中で、そのすべてはケータで出来ていた。

それだけは確かだった。

「じゃあ、一緒に行く」

わからない。

だけど、確かめてみたい。わかってみたい。知ってみたい。ケータと過ごす日々の先に何があるのか。あたしはどんな景色を見られるのか。

だからそう答えた。そのときの彼の笑顔は忘れられない。嬉しそうだった。

あたしがいて何が嬉しいのか、あたしがいて何の役に立つのかなんてまったくわからない。たぶん、そんなものはない。あたしがケータの役に立つことはきっとない。

だがケータの笑顔を見られるのならば、なんでもよかった。

ああ、そうだ。幸せとはケータの笑顔なのかもしれない。屈託のない笑顔を向けられると、あたしも笑いたい気分になる。

そのとき、アパートの鍵がガチャガチャと音を立て、女が入ってきた。

あたしの母親だった。

久しぶりに見る。彼女はあたしの記憶から飛び出してきたみたいに、春めいた季節に真冬のようなコートを着ていた。

一目見ればあたしの母親だと誰もがわかるほど似ている。だがその目は死んだ姉のほうがより似ている。

母は何を思ったか、驚いているケータに飛びかかった。何の前触れもなかった。理由もわからない。ただ目が据わっていた。

腰をあげたケータはバランスを崩して床に倒れる。母はその上に跨《また》がり、ケータの首を両手で絞める。

あたしは母を退《しりぞ》けようと手を伸ばそうとした。だがそれよりもケータが身を起こすほうが早く、母を突き飛ばした。

母は簡単にバランスを崩し、背中から箪笥《たんす》にぶつかった。そのまま足元のカバンに躓いて、今度は卓袱《ちゃぶ》台、次に衣桁を倒す。

その隣に、石油ストーブが置いてある。火は入っていない。が、彼女は背中から倒れて、頭を打ち、そのまま動かなくなった。

永遠に動かなくなった。

七

走馬灯のように過《よぎ》るのは、幸せではなかった日々、そして束の間の幸せの日々だ。

あたしは、手助けをした老人に教えられたとおり、古びたエレベーターで下った。そしてもう一度のぼってきた。

望む未来に至るために、何度も同じことを繰り返すことになった。

まずあたしがやり直したのは、母親の襲撃に遭ったあの日だ。逮捕されて刑務所に入ってしまったケータ。あの襲撃の日さえやり直せば、あたしがちゃんと行動すれば母の死は回避できる。そう信じてあの日に戻った。

あたしは襲い掛かる母親と反撃するケータの間に入った。

だが母親の腕力に敵《かな》わず、弾き飛ばされた。

ケータがあたしを助け起こそうとする。

あろうことか母親は凶器を持参しており、ケータはあたしをかばって刺された。

「いやあ！　ケータ！　ケータ！」

あたしはケータに縋《すが》りついて叫んだ。ケータには意識がない。このまま未来に進んではいけない。恐ろしい未来が待っている。

あたしは母親に追われながら駅舎に向かい、血まみれになってガタガタ震えながら、戻れますようにと願ってエレベーターに飛び込んだ。

またエレベーターで上がったとき、そこに母の姿はなく、時間は巻き戻っていた。心の底から安堵《あんど》した。

それは、襲撃日の前日だった。

あたしはケータに町を出ようと言った。

ケータは口を尖らせた。

「俺が言おうと思ってたのに」

そして町を出た。

それからの日々は幸福だったと思う。こぢんまりとした小綺麗なアパートにふたりで暮らし始めた。喧嘩《けんか》をすることもあったけれど、ほとんど毎日笑って過ごしていた。

一緒に眠る夜の静けさをよく覚えている。

これが正解なんだ、そう思っていた。

だがまるで帳尻合わせでもするかのように、ある日突然、母親がやってきた。

そこで、ケータはあたしを守るために立ち向かい、また、母親を殺してしまった。どこかで見たような景色に、笑いだしそうだった。笑いながら泣いた。

これじゃあ、同じことを繰り返すだけだ。

今から今日と同じ日をやり直したとしたら、今度はケータが刺されてしまう。殺されてしまう。

あたしは同じ日はやり直さず、はじめから襲撃前日に戻った。なんとかして幸せな日々を得なければならない。

ケータをなんとか説得して、引っ越しをした。説得するのは大変だった。今回は前回のように町を出る理由がないし、説明がつかない。それでもあたしの必死な形相に、ケータは頷いてくれた。

だがしばらくして、また母親がやってきた。どうして来るのよ。

そしてケータは母親を殺してしまう。

あたしはその襲撃前日に戻り、ケータを説得してまた引っ越しをした。けれど、引っ越しを三度ほど繰り返したら、もう説得することはできなくなった。

母親がやってくる間隔も短くなっていた。

どこまで逃げても追いかけてくる。

あたしはまた、血まみれになって震えながら、襲撃前日に戻るのだろう。そしてふたりで逃げて、一時的に幸せな日々を得られたとしても、母親を排斥《はいせき》しない限り、正解には行き着くことができない。

この方法では駄目だ。どこかのタイミングで必ず、母親を殺すか、ケータが死ぬかのどちらかの選択を迫られる。

あたしは、根本的な解決を図るため、ケータと交際する前に戻ろうとした。つまり、コンビニ強盗に居合わせた日だ。

だが、ケータの顔を見ていると、触れたくてたまらなくなる。

だから、交際から襲撃前夜までの期間を、何度も繰り返した。何度も、何度も。

一度目の襲撃日に至る直前に、振り出しに戻る。

ケータが人を殺して絶望する表情も、ケータが刺されるところも、もう見たくない。ケータが可哀相《かわいそう》だ。

だから幸せでいられる期間だけを繰り返す。

閉じ込められたみたいな時間にたゆたいながら、未来を考えた。

いったいどこに戻ればいいのだろう。

運命の道の先は不幸に続いている。

どの方向に進めば、正解なのだろう。

小窓に映る闇《やみ》を眺めながら、戻りたい日を考える。あるべき未来はどんなものだろう。

あたしはどんな未来に行きたいのだろう。あの老人が言った、あたしが望む未来は何だろう……。


もうケータが傷つかない世界がいい。

あたしが幸せになるよりも、ケータを幸せにしてあげたい。

ケータが一生無事に過ごせるとしたら、どんな未来だろうか。

——そのためには、ケータとあたしが関わらないことだ。

ケータの不幸の元凶はすべてあたしが持っている。暴漢も、母親も。あたしのせいでケータを危険な目に遭わせている。間違いなかった。

その現実を直視することは怖かった。だがもう目をそらすことはできない。ケータのためを思えば、あたしと出会わないことがもっとも平和な解決だ。

あるなんでもない日に、ケータと手を繋いで、「今までありがとう、ごめんね」と言った。

ケータは手を握り返し、「珍しいなあ」と笑った。繰り返してきた日々には一度もなかった、初めての台詞《せりふ》だった。

あたしは気づいた。

そうだ、あたしは同じ時間を繰り返すことばかりで、ケータに何も伝えていなかった気がする。

もう一度交際からやり直して、今度は素直に生きることにした。

ケータのことが大好きだ。あたしのヒーロー。

たくさんおしゃべりをして、想いを伝えて、何度でも手を握り、傍に寄り添い、もっと笑っていたい。

「俺、こうしてずっと一緒にいたいな」

あたしもそう思うよ。

このまま、この世界に閉じ込められていたい……。

気持ちを振り切るまで、何度でも繰り返していたい……。

「じいさんやばあさんになっても、こうして仲良くしていたいなあ」

ごめんね、ケータ……。あたしも、おじいさんやおばあさんに、一緒になりたかったなあ……。


今夜、ケータと出会わない地点をやり直す。

ケータのいないあたしの人生なんて、いいことなんてひとつもないけれど、同じ時間を繰り返して幸せに浸っていても、あたしたちは未来に行けない。

どこかで気持ちに区切りをつけて、前に進むしかない。

なにより、将来の展望を語るケータの瞳を見ていると、未来に連れていってあげたかった。ケータだけでもいいから、未来に進んでほしかった。

エレベーターの分厚いドアが開くと、満月の夜だ。

今までいた場所とは違う、古い駅舎。ケータが通っていた塾。

少し離れたところにコンビニ。

あそこから右に折れると、三叉路につながっている。

春めいた柔らかな風が頬を撫でる。春は人に優しい。

ここはあたしが十六歳の世界だ。

あたしは真夜中の夜道を歩き出す。三叉路に向かって歩いていく。

よく見たら、ここからでもあの暴漢が電柱の陰に隠れているのが見えた。刃物は出していない。コートの中に潜《ひそ》ませているのだろう。あと三十メートル。

二十メートル。

十メートル。

五メートル。

三メートル。男が身じろぎをする。刃が見えた。

あたしは、あと五歩で突き飛ばされる。電柱に隠れていた男の存在に気づかず、突然飛び出してきた男に突き飛ばされて、アスファルトに転がってしまう。そこに、男が刃物を振り上げるはずだ。

あと三歩。

あの刃が振り下ろされたとき、あたしは死を覚悟する。身を起こし、腕を掴まれて、そうしたら、ケータが助けに来てしまう。

このままあたしが殺されたらいい。あたしは被害者になる。ケータが来てしまうことは避けられない。ケータを守らなければならない。

あと二歩。

だから、刃物を奪ってみるのだ。奪えなくても、なんとかして一矢報《むく》いる。ケータが傷つけられないように、せめて相打ちにする。ふたり目の被害者を出さないようにしてこそ、あたしが刺される意味がある。痛みがなんだ。耐えてみせる。

あと一歩。

あたしは幸せだ。ケータを守るために死ねるのならば。

あたしは勢いをつけて、男が飛び出してくるよりも前に、暴漢に向かって突進する。暴漢はあたしがいきなり走り出したので、反応が遅れた。暴漢は慌《あわ》てる。

その拍子に刃物をアスファルトに取り落とした。あたしの足にまで転がってきたから、すぐに取り上げて、刃物を持つ。暴漢は立ち止まった。

対峙《たいじ》する。凶器はあたしの手の中だ。

このまま逃げようか。

あたしは戸惑う暴漢に踵《きびす》を返す。そして刃物を持ったまま走り出す。暴漢は刃物を持った女を追いかけてはこなかった。完全に不意を突くことができた。

大成功だ。三叉路を、あたしのアパートの方角に向かう。公園のほうにはケータがいる。あそこには東屋《あずまや》があって、コンビニで夜食を買って公園で食べていたらしい。

公園に向かったりしたら、ケータと出会ってしまう。

さよなら。

あたしは凶器を臭くて暗いドブ川に放り投げた。真っ暗闇に軌跡を描き、飛んでいった先でドボンと水に落ちる音がする。

あたしは今夜、この町を出るだろう。この町を出て生きていく。最後の夜だ。あたしは自分の未来を想像できない。

だけど、ケータの未来は想像できる。どこかで幸せに暮らすケータの未来を想像する。笑顔がある。笑顔でいて。

不幸の種はあたしが握っている。いつかふたたび開花するかもしれない。だから人生をかけて、ケータから逃げてみせる。運命に立ち向かうために。

あたしは走る。

あたしの人生は、ケータといた季節だけが宝物みたいにきらきらと輝いている。星々の粒のようにいとおしい日々。それでも走り続ける。

彼と過ごしたすべての季節をなかったことにするために。

走る。

この先には彼のいない未来が待っている。

彼にとって、あたしのいない未来が待っている。未来は三叉路のように分岐する。きらめき、宇宙の果て、遠い遠い時間の向こう。

正解に向かって走る。

満月だけがついてくる。

唯一の同行者よありがとう、一緒に行こう。行こう！

参考文献

『シェークスピア名句辞典』村石利夫　編　横川信義　監修（日本文芸社）
『箴言集』ラ・ロシュフコー　著　武藤剛史　訳（講談社）
『Le Petit Prince』サン＝テグジュペリ　著（Éditions Gallimard）
『世界名言大辞典』梶山健　編著（明治書院）
『侏儒の言葉』芥川龍之介　著（文藝春秋社）
『アラン　幸福論』神谷幹夫　訳（岩波書店）
『ゲーテ格言集』ゲーテ　著　高橋健二　編・訳（新潮社）
『神曲』ダンテ　著　平川祐弘　訳（河出書房新社）

【初出一覧】

シーズナル・マーダー　夏の章……Ｗｅｂマガジンコバルト ２０２１年７月30日更新を改稿、改題
トゥルー・ラブ……Ｗｅｂマガジンコバルト ２０２１年７月９日更新を改稿
ラストタイム……書き下ろし
フェイクパーティー……書き下ろし
シーズナル・マーダー　秋の章……書き下ろし
オーダーメード……Ｗｅｂマガジンコバルト ２０２１年４月23日更新を改稿
レイニーデイ……Ｗｅｂマガジンコバルト ２０２１年６月４日更新を改稿
アンノウン……Ｗｅｂマガジンコバルト ２０２１年７月２日更新を改稿
シーズナル・マーダー　冬の章……書き下ろし
イン・ザ・クローゼット……Ｗｅｂマガジンコバルト ２０２１年７月16日更新を改稿
シーズナル・マーダー　春の章……書き下ろし
ムーンライト・エンドロール……書き下ろし

※この作品はフィクションです。実在の人物・団体・事件などにはいっさい関係ありません。

集英社オレンジ文庫をお買い上げいただき、ありがとうございます。
ご意見・ご感想をお待ちしております。

● あて先
〒101-8050　東京都千代田区一ツ橋2-5-10
集英社オレンジ文庫編集部 気付
長谷川　夕先生

花に隠す

～私が捨てられなかった私～

集英社
オレンジ文庫

2021年12月22日　第1刷発行

著　者　長谷川　夕
発行者　北畠輝幸
発行所　株式会社集英社
〒101-8050東京都千代田区一ツ橋2-5-10
電話【編集部】03-3230-6352
【読者係】03-3230-6080
【販売部】03-3230-6393（書店専用）
印刷所　図書印刷株式会社

ISBN 978-4-08-680426-4 C0193